U0950930

形迹可疑的人

恰佩克哲理侦探小说集

(捷克)卡雷尔·恰佩克◆著
胡　婧◆译

新华出版社

图书在版编目（CIP）数据

形迹可疑的人：恰佩克哲理侦探小说集 / (捷克)恰佩克著；胡婧译.
-- 北京：新华出版社, 2015.10
书名原文: Tales from Two Pockets
ISBN 978-7-5166-2068-7
Ⅰ. ①形… Ⅱ. ①恰… ②胡… Ⅲ. ①侦探小说－小说集－捷克－现代 Ⅳ. ①I524.45
中国版本图书馆CIP数据核字(2015)第232591号

形迹可疑的人：恰佩克哲理侦探小说集
作　　者：[捷克] 卡雷尔・恰佩克
译　　者：胡婧

出 版 人：张百新　　**责任编辑：**黄绪国
责任校对：刘保利　　**责任印制：**廖成华
封面设计：李尘工作室

出版发行：新华出版社
地　　址：北京石景山区京原路8号　　**邮　　编：**100040
网　　址：http://www.xinhuapub.com　http://press.xinhuanet.com
经　　销：新华书店
购书热线：010－63077122　　**中国新闻书店购书热线：**010－63072012

照　　排：图鸦文化
印　　刷：北京文林印务有限公司

成品尺寸：145mm×210mm　1/32
印　　张：7.5　　**字　　数：**150千字
版　　次：2015年10月第一版　　**印　　次：**2015年10第一次印刷

书　　号：ISBN 978-7-5166-2068-7
定　　价：25.00元

图书如有印装问题请与出版社联系调换：010-63077101

目　录

蓄意谋杀

那天晚上，高级公务员托姆萨先生戴上耳机，一边微笑一边欣赏着无线电收音机里悦耳的音乐，那是德沃夏克谱写的一首舞曲。他心满意足地对自己说，这日子惬意得就像一首小曲。突然间，外面传来几声巨响，他头顶上的窗户玻璃哗啦一声碎裂开来，玻璃碎片四处散落（托姆萨先生的房间在一楼）。

接着他做了每个人都会做的事情：他先等待了片刻，看看还会有什么事发生。可他吓了一跳，因为他看到有人在窗外朝他开了两枪。他对面的门廊地面已缺了一块，下面嵌着一枚子弹。他第一个念头就是冲到街上，然后徒手拎起那个恶棍的衣领。但是上了年纪的人都讲究体面，他放弃了第一个念头，决定再想一个主意。接下来托姆萨先生急忙跑到电话跟前给警察局打电话。

他大声说："喂！请立马派人过来，刚才有人要杀我。"

一个困倦无力的声音问道："在哪里？"

托姆萨先生突然火冒三丈，"就在我的公寓。我是一个守法公民，在家里安安静静地坐着，居然有人无缘无故朝我开枪，真够离谱的。这件事必须仔细调查。这种情况——"

那个困倦的声音打断他说："好啦，我会派人到你那里去。"

托姆萨先生焦躁不安。在警察局派来的人出现之前，他感觉已经过了很长一段时间，但实际上才过去二十分钟。一位木讷的警察巡官来到他的公寓，然后极有兴趣地查看着被子弹穿过的窗户。

警察巡官冷静地说："有人用枪射击过这里，先生。"

托姆萨先生大声说："我告诉你详细情况，啊，当时我坐在这里，就在这窗户旁边。"

警察巡官用刀子将嵌在门中的子弹取出，说道："口径是七毫米，看起来好像是用老式军用左轮手枪发射的。看这里，不管使枪的人是谁，他当时一定站在围墙上。如果他站在路面上，子弹的位置会高一些。也就是说他一定是瞄准你射击的，先生。"

托姆萨先生愤恨地说：“真好笑，我还以为他想射击那扇门呢！”

警察巡官不理会托姆萨先生的打岔，问道：“这会是谁干的呢？”

托姆萨先生说：“很抱歉我不能给你他的地址。我没看到那位先生，也忘记邀请他进来坐坐。”

警察巡官平静地说：“那就不好办了。你怀疑是谁干的？”

托姆萨先生的耐性已经耗光。

他生气地说：“我怀疑谁？哎呀，我压根没看见那个恶棍，就算他愿意等我隔着窗户给他一个飞吻，在黑暗中我也不可能看清他的容貌。亲爱的警官，如果我知道是谁干的，你觉得我还有必要劳烦你来这里吗？”

警察巡官安慰地说：“哦，没错，你说的有些道理，先生。但是也许你可以想想有没有人会因为你的死亡而获利，或者有没有人想报复你……先生，你要知道这并不是盗窃未遂。盗贼不会开枪，除非非开枪不可。但是可能有人对你怀恨在心，这就得你来说了，先生，然后我们会进行调查。”

托姆萨先生吃了一惊，他还没想到这一层。

他回想了一下自己这位公务员和单身汉的平静生活，犹豫地说：“我想不出来。”他陷入了困惑之中，“谁会对我怀恨在心呢？据我所知，我在这个世界上没有敌人，肯定一个敌人也没有。”他摇了摇头，继续说道，“这种事根本不可能，啊，我从来没有与任何人发生过争吵，我根本不与他人交往。我也从来不去别的地方，从来不管闲事。为什么有人要报复我呢？”

警察巡官耸了耸肩，“我不知道，先生。但是也许明天你会想起些什么。你一个人待在这里不会紧张不安吗？”

托姆萨先生心事重重地说：“不会。”

当公寓里只剩下他一个人时，他心神不宁地对自己说：“这很奇怪，为什么会有人朝我开枪？为什么偏偏找上我？啊，我几乎算得上是一个隐士。我每天要么在上班，要么在家里，几乎不与别人打交道。那为什么会有人想枪杀我？”他思索着这件糟糕的事情，越想心里越痛苦，渐渐开始怜悯起自己来。他对自己说：“我辛辛苦苦地工作，甚至在家里都在忙工作。我从来不奢侈浪费，从来没犒劳过自己，我就像一只缩在壳里的蜗牛。砰！居然有人对我开了一枪。”托姆萨先生惊惶失色地感叹道：“天哪，人们对我这样恶毒，真是奇怪。我究竟对别人做过些什么？为什么有人对我有如此可怕、如此疯狂的仇恨？”

他坐在床上，手里拿着脱下来的靴子，开始安慰自己说：“也许是弄错了吧。那个人肯定把我当成了他怨恨的某个人了。”他松了一口气，“肯定是这么回事，因为怎么可能有人那样恨我？”

托姆萨先生将手中的靴子放下。他突然想起一件事情，觉得有些难堪。“啊，当然我也做过一些蠢事，但那也不算什么，只是失言罢了；我跟罗保尔交谈时无意中说了句他老婆的坏话。当然，每个人都知道这个风骚女子跟随便什么人都能调情，他也知道，但不想让别人认为他知道。我也蠢得够呛，当着他的面愣是说了出来……”托姆萨先生记得当时罗保尔倒吸了一口气，拳头握得紧紧的，指甲都掐进了肉里。他惊恐万分，“天哪，我深深地伤害了这个男人。啊，他一定非常爱他的妻子。当然我也试着缓和局面，哎呀，他当时不是愤恨地咬着嘴唇吗？”托姆萨先生沮丧地想道：“毫无疑问，他有理由恨我。我知道他不会对我开枪，那太荒谬了，但是如果他真这么做，我也不会吃惊——”

托姆萨先生局促不安地盯着地板。他又强迫自己往下想：“会是那个裁缝吗？我在他那里定做衣服已有十五年的时间，有一天我听说他得了肺病，已经到了晚期。人们当然怕穿得了肺病的裁缝做的衣服，那衣服上该有多少咳嗽带出来的病菌。所以我就没在他那里做衣服了。后来他跑来哀求我，说他一笔生意都没有了，妻子生了病，他想把孩子们送走。他希望我能继续光顾他的裁缝店。天哪，这个可怜的人面无血色，看他冒汗的样子，我能想象他病得有多严重。我对他说，科林斯基先生，你听我说，这没有用，我需要一个更好的裁缝，我对你做的衣服不满意。他既害怕又羞愧，出了一身汗。他低声说，先生，我会尽全力的。好在他并没有放声痛哭。”托姆萨先生继续回想：“我只是送他出门，对他说‘我会考虑考虑的。’像他那样的可怜人当然知道这种话是什么意思。”托姆萨先生惊慌地对自己说：“如果有人恨我，那一定是这个人有什么让人讨厌的事情求我，而我无情地拒绝了。但是我对他做了什么？我知道他不会对我开枪，但是——”

托姆萨先生的情绪越来越低落。他继续想道：“还有一件不愉快的事情。我曾经骂过我们传达室的管理员。有一份文件我找不到了，于是我派人把这个老头叫来，并当着其他人的面叫了他的名字，就像在叫一个男学生。我对他说，这就是你说的摆放整齐？你这个蠢货，我看你把整个地方都弄得像个猪窝，我应该解雇你。后来我在我自己的抽屉里找到了那份文件。这个可怜的老头从头到尾都没有抱怨一句，他只是浑身发抖，不停地眨眼睛。”托姆萨先生觉得身上一阵燥热，不由得皱起脸来。他气恼地对自己说：“总不好对自己的下属道歉吧？即使刚才对他说的话是刻薄了一点。但是下属为什么非要恨上司呢？等一等，我要送给那个老头一些我不要的衣服，但也许这样做也会让他觉得受到羞辱。”

托姆萨先生觉得自己没办法继续躺在床上，被子捂得他透不过气来。他双手抱膝坐在床上，在黑暗中发呆。他痛苦地想道：“还有在办公室里与莫拉维克那个小伙子之间发生的一件事。他受过良好的教育，喜欢写诗。当他处理文件出错时，我对他说：重新做，年轻人。我本来是想把那些文件扔在桌上，但是文件却落到了他的脚下。当他弯腰拾文件时，他的脸涨得通红，眼睛也红了。”托姆萨吼叫道：“我真是恨死我自己了！啊，我很喜欢那个小伙子，但却那样羞辱了他，虽然我不是成心的。”

托姆萨眼前又浮现出一张脸孔，那是他的同事宛科苍白且凹陷的脸。他对自己说：“可怜的宛科，他想当主管，结果被任命的是我。坐在这个位置上就意味着每年可以多挣好几百克朗。他有六个孩子。我听说他想把他的长女培养成一名歌星，但是他没那么多钱。我的职位比他高是因为他这个人脑子笨，只会出蛮力。因为过日子必须省吃俭用，他的妻子脾气很坏，人也瘦得皮包骨；他午餐只吃一个干巴巴的面包卷。”托姆萨先生陷在阴郁的思绪中。“可怜的宛科，看到我这个单身汉拿着比他高的薪水，他心里一定不好受吧。但是我又能怎么样呢？当他用那种充满敌意和责备的眼神看着我时，我总是觉得很不舒服。”

托姆萨先生极度痛苦，额头上汗水涔涔，他伸出手擦了一把。他对自己说：“对了，有一次一个服务生少找了我几克朗。我把店主找来，他当场解雇了那个服务生。店主对那个服务生怒骂道，你这个小偷，在布拉格没有人会给你工作。服务生一言没发，只是安静地走开了。我看到他外套下面突出的肩胛骨。”

托姆萨先生不想继续待在床上。他在无线电收音机旁边坐下，戴上耳机。但是在这个万籁俱寂的夜晚，他并没有把无线电收音机打开。托姆萨先生双手掩面开始回想他所认识的每一个人，细想是否有一些已被他遗忘的不重要人物也曾与他交恶，这些人一定是值得怀疑的。

第二天早上他打电话给警察局。他面色苍白，忐忑不安。警察巡官问道："哦，先生，你想到有什么人可能对你怀恨在心了吗？"

托姆萨先生摇了摇头。他迟疑地说："我不知道。"他做了个无奈的手势，"要知道，可能对我怀恨在心的人实在太多了。事实上我根本说不清我可能伤害了多少人。好了，我再也不会坐在那扇窗户旁边了。我打电话是想跟你说这件事就让它过去吧！"

音乐指挥家的故事

音乐指挥家、作曲家卡利纳说："当你想伸出援手但又无能为力的时候，那就太糟糕了。我有一次就是这样。那次我受邀到利物浦指挥一场交响音乐会。要知道，我一个英文单词都不会讲，但是我们音乐人之间只需三言两语就能了解彼此想表达的意思，如果手里有指挥棒，那沟通起来就更简单了。我只要轻敲指挥棒、喊上几句、转动眼睛、挥舞手臂，然后从头再来一次就行了。就算是最复杂的情绪也可以用这种方式表达出来。比方说，当我的双臂像这样抬起时，每个人都知道这意味着音调陡然升高，意味着摆脱生活中的压力和烦恼等。嗯，当我到达利物浦时，我的英国朋友们在车站接我并把我送到酒店，这样我就能休息一会儿。但是我洗完澡以后就独自出门逛街，然后迷了路。

“我到任何地方都会先去找河流在哪里。河流会让你了解一个地方的特色，我认为这种特色就像管弦乐。这边是街道的喧闹声，就像铜鼓和定音鼓、喇叭和铜管乐器在演奏；那边是河流，就像弦乐器在演奏，是小提琴和竖琴以最弱音演奏的乐段。通过河流，你马上就可以听到整个城市的声音。但是我并不知道利物浦的这条河流叫什么名字，它颜色发黄，混浊肮脏。让我告诉你，这条河上的轮船、拖船、汽船以及河边的仓库、码头、起重机，喧闹非常，各种声响不绝于耳。要知道我非常喜欢船，无论是小型黑色拖船还是涂了红色油漆的不定期航行货船，或是白色班轮我都喜欢。我对自己说：‘喂，真见鬼，大海肯定就在这附近，我一定要去看看。’我沿着河岸走啊走，走了两个小时，沿路除了仓库和码头什么都没有。我只看到一艘和大教堂一样高的巨轮，还有三根歪斜的粗大烟囱。空气里弥漫着鱼腥味、马的汗臭味，还有黄麻纤维、朗姆酒、小麦、煤炭、铁的味道。要知道，如果相当多的铁放在一起，就会散发出一股铁的味道。我十分高兴。但是这时候夜幕已降临，我来到一片沙滩上，对面有一座灯塔在闪耀，还有几点微弱的灯光在水面浮动，也许这里就是大海。我在一堆厚木板上坐下来，虽然独自一人迷了路，但我的心情真是太愉悦了。听着流水的飞溅声和呢喃声，我的心弦都被拨动了。后来出现了一男一女，但是他们没有看到我。他们背对着我坐下，然后开始轻声交谈。如果我懂英语，我一定会咳嗽示意，让他们知道我能听见他们说话。但是除了‘酒店’、‘先令’之外，我一句英语都不会讲，所以我还是藏身在暗处。

“刚开始他们叽叽咕咕说了许多，然后男人开始解释什么，说得既缓慢又轻柔，好像不知怎么说才好。然后他突然停止了说话。女人惊骇地大叫起来，对男人激动地说了些什么。但是男人捏着女人的手不放，女人呜咽起来。接着男人开始咬牙切齿地催促女人做什么。知道吗，这不是情侣之间的对话。音乐家是可以听得出来的。情人的劝说语调完全不同，不会有那种紧张的声音。情侣之间的对话就像在弹奏低沉的大提琴，但是他们之间的对话就像以自由节奏弹奏贝斯，且只弹奏一个音符，就像那个男人在重复同一句话。男人在欺负女人，想到这里我觉得有点害怕。现在女人开始轻声哭泣，时而发出一声尖叫，好像在表明她的抗拒。男人试图抱住她。她的声音尖细，有点像单簧管，听起来不是很年轻。但是男人的声音变得越来越刺耳，好像在命令或威胁女人。女人开始绝望地哀求，她害怕得倒抽冷气，就像一个人身上敷上冷冰冰的膏药后发出的声音。我听到她牙齿打颤，咯咯直响。男人开始用贝斯般的声音轻言细语，几乎可算得上是温情脉脉。女人的哭声变成短促、顺从地抽泣，这表示她的对抗结束了。但是贝斯原本温情脉脉的声音又开始升高，不连贯地加入一个乐句又一个乐句，显得慎重而坚决。女人软弱地哭叫或抽泣，但是此时她的声音里已没有抗拒，只有极度的恐惧，她不是怕那个男人，而是害怕即将要发生的事情，这种恐惧令人迷惑不解。然后男人的声音再度低沉下来，他用舒缓的语调低声说话，连威胁也变得温和起来。女人不再抽泣，她冷淡地低语，无助地叹息。在女人低语的时候，男人问了几个问题，女人显然只是用点头来回答，因为男人没再继续问下去。后来这两个人站起来分别离开。

“知道吗？我不信预感，只信音乐。根据那天晚上我所听到的，我十分确信贝斯男在劝说单簧管女参与什么可怕的行动。我知道单簧管女吓坏了，她会遵照贝斯男的命令行事。我听了很多，不只是听他们说的话。我知道有犯罪行动正在进行中，一定是这样。从那两个人的声音中透露出的恐惧我就可以判断得出来。他们声音的调子、节奏、速度、停顿和突然的变化都表现了这种恐惧。要知道，音乐很精确，比语言更精确。单簧管女很单纯，只能做配角。她只能帮着递把钥匙或开个门。但是那个生硬、低沉的贝斯男在单簧管女惊恐万分的时候就可以把案子做了。我急匆匆赶到镇上。我深信一定会有事情发生，我必须做些什么来阻止它。我生怕自己来不及，这样的感觉真糟糕。

“后来我在街角看到一名警察。我汗流浃背、上气不接下气地跑到他的面前。我气喘吁吁地说：‘听我说，有人在这镇上计划一起谋杀案。’

“这名警察耸了耸肩，对我说了几句我听不懂的话。我提醒自己，上帝啊，我说的话他一个字都没懂。

“我把他当成聋子，对他大声叫喊：‘谋杀，你懂不懂？他们要谋杀一个独居的女人。佣人或管家会是帮凶。’我吼叫道：‘天哪，看在上帝的份上，做点什么吧。’

“警察只是摇头，叽里呱啦说了些什么。

“我十分恼怒，因为生气和恐惧我的身体直哆嗦。我试着解释：‘现在你听我说，这个可怜的女人会给她的情人开门，这一点你无须怀疑。你一定不能让这件事情发生。快去找她。’这时候我突然想到我连那个女人长什么样子都不知道。就算我知道，我也一样说不出来。我叫喊道：‘天哪，如果让这件事情发生就太过分了。’

“这名英国警察盯着我，然后明显是想安抚我。我抓着自己的脑袋，绝望地叫喊道：‘你这个蠢货，我自己去找她。’

“我知道这样做太疯狂了，但是当一个人的生命危在旦夕之时，我必须做点什么。整个晚上我都在利物浦奔走，我要看看是否能发现有人想潜入别人的家。这是一个奇怪的城市，到了晚上寂静得可怕……天亮后我在马路牙子上坐下，累得哭了起来。警察在这里发现了我，他对我叽叽咕咕说了句什么，然后把我送回酒店。

“我不知道那天上午彩排我是怎么指挥的，但是彩排结束后我把指挥棒扔在地板上就往外跑。街上的报童正在叫卖晚报。我买了一份报纸，大标题‘谋杀’印入眼帘，标题下方是一个白发女人的照片。”

集 邮

卡拉斯老先生说："人们是没有办法摆脱现实的。当一个人在记忆中翻箱倒柜时，他会找到不同人生的各种素材。有一天，也许是没有留神，也许是有意为之，他选择了其中一种人生并一直走到底。但是最糟糕的是，他原本可以选择的其他人生并没有完全消亡。有时候你会为它们痛苦，就像被切断了一条腿。

"当我还是个十岁左右的小男孩时就开始集邮。我的父亲十分反对我集邮，他认为这会影响我的学习。但是我有一个好朋友，他的名字叫罗伊齐克·切贝尔卡，我们俩常常在一块起劲地聊国外的邮票。罗伊齐克是手摇风琴师的儿子，他脸上有雀斑，不爱干净，身上的衣服也破破烂烂的，但是就像所有男学生喜欢他们的朋友那样，我就是喜欢他。要知道，我现在已经是个老头子了。我有妻子和孩子，但是我不得不说，没有什么感情比友情更珍贵。

不过只有年轻的时候才能享受这样的友情，因为随着年龄的增长，人们会变得执拗和自私。我所说的珍贵友情只是源于热情和仰慕，源于过剩的精力和充沛到泛滥的情感。当你拥有太多这些东西时，你自然会分给别人一些。我的父亲是一位律师，整日与当地的大人物周旋。他是最庄重、最严肃的人。我与罗伊齐克结成了好朋友，他的父亲是个醉醺醺的街头手风琴师，他的母亲是一个受压迫的洗衣女工。但是我尊敬且崇拜罗伊齐克，因为他比我聪明，因为他能够独立谋生，因为他有胆量，因为他的鼻子上有雀斑，因为他能用左手扔石子……其实我记不清让我如此黏他的所有原因，但是我可以肯定这辈子我再没有和其他人如此亲近过。

“我开始集邮后，罗伊齐克就成了我信任的忠实伙伴。我想人们对集邮的狂热一定是源于一种本能，很久以前男人们就开始收集敌人首级、熊皮、鹿角等一切可视为战利品的东西。但是集邮就像一场无尽无休的冒险，因为它会让你接触一些遥远的地方，比如不丹、玻利维亚或好望角。它会让你与这些地方来一场亲密接触。所以集邮一般免不了陆上和海上旅行，也免不了需要冒险的勇气。这与十字军东征没什么两样。

“我刚才说过，我的父亲根本不准我集邮。一般来说，儿子要做父亲没做过的事情，父亲一定不会同意。事实上，我对我的儿子们也是如此。做一名父亲感觉很复杂，你会对子女倾注很多感情，但是也会有偏见、怀疑、敌意之类的情绪。你对孩子的感情越深，其他的情绪也越多。总之我得把我收集的邮票藏在阁楼，这样我的父亲就不会找我的麻烦了。阁楼里有一只很旧的箱子，有点像面粉贮藏箱，我和罗伊齐克经常像两只耗子一样缩在里面欣赏对方的邮票。瞧啊，这是荷兰的邮票，这是埃及的邮票，这是瑞典的邮票！因为我们必须把我们视作珍宝的邮票藏起来，所以我们会有一种做坏事的快感。积攒这些邮票的过程就像一场冒险。我常常在各家各户搜寻邮票，这些人家有的我认识，有的不认识。我央求他们让我把他们旧信件上的邮票浸湿后取下。有时候我会碰到一些人家里的阁楼或写字桌的抽屉里塞满了旧信件。这是我最高兴的时候，我坐在地板上整理一堆堆落满灰尘的杂物，找寻我还没有收藏的邮票。你们瞧我够傻吧，就算是一样的邮票也可以收藏起来啊！当我碰巧找到一张伦巴第的老邮票，或德国小地方或自由贸易城邦的邮票时，啊！我真是痛并快乐着——巨大的快乐总会伴随着甜蜜的痛苦。在我搜寻邮票的时候，罗伊齐克会在外面等着我。最后我悄悄出现在他面前，站在门口轻声说：‘罗伊齐克，罗伊齐克，我找到了一张汉诺威的邮票！’——‘你拿到手了吗？’——‘拿到手了。’然后我们拿着战利品飞奔向家中的藏宝箱。

“我们镇上的工厂生产各种各样的劣质产品、黄麻纤维、印花布、棉花和做工粗糙的羊毛制品。这些东西是专供世界各地的有色人种用的。这些工厂允许我翻他们的废纸篓，这是最有可能找到宝贝的地方。我在这些废纸篓里找到了暹罗、南非、中国、利比里亚、阿富汗、婆罗洲、巴西、新西兰、印度、刚果等地的邮票。我想知道，你们仅听到这些地名是不是就会跟我一样被深深吸引呢？天哪，当我找到英属海峡殖民地、朝鲜、尼泊尔、新几内亚岛、塞拉利昂、马达加斯加岛等地的邮票时，我是多么欣喜若狂啊！告诉你们，只有猎人、寻宝者或考古学家才会有这样的狂喜。找寻并发现是一个人一辈子最激动、最满足的事情。每个人都应该寻找一些东西；如果不寻找邮票，那也可以寻找真理或金黄齿蕨，至少也可以去寻找石箭头和烟灰缸。

“这是我一生中最幸福的时光，我很享受我与罗伊齐克的友情以及集邮的快乐。后来我得了猩红热，他们不让罗伊齐克来看我，但是他常常站在走道里吹口哨，这样我就知道他来了。有一天，可能是他们没有工夫管我或有别的什么事，总之我乘机跳下床溜到阁楼去看我的邮票。那时候我非常虚弱，连箱盖都差点打不开。但是我发现箱子空了，装着邮票的盒子不翼而飞。

“我不能形容当时我有多么痛苦和害怕。我想我站在那里肯定就像一尊石像，连哭都哭不出来。我的喉咙哽塞得厉害。首先，给我最多欢乐的邮票就这样不翼而飞了，这让我震惊不已。这些邮票一定是我唯一的朋友罗伊奇克趁我生病的时候给偷走了！想到这里，我更是震惊。我不知所措，惊恐焦虑，目瞪口呆，愁眉苦脸——要知道，一个孩子怎么能够承受这么大的打击。我不知道自己是怎样走出阁楼的，后来我又发了高烧。在意识较清醒的时候，我还是会绝望地思索。我从来没向父亲或阿姨（我没有母亲）提起过一个字，我知道他们不会理解我，因此我与他们也更加疏远。从那时候起，我跟他们不再那么亲密，也不再那么孩子气了。罗伊齐克的背叛对我的影响很大，这是第一次有人欺骗我。我心里想：'穷鬼，罗伊齐克是个穷鬼，所以他才会偷东西。跟一个穷鬼交朋友是我活该。'这么想让我硬起了心肠。就是在那个时候我开始学会划分不同的人。我失去了我的天真，但是那时候我并没有意识到这件事会对我产生多大影响或造成多大伤害。

"等到烧退了，我也不再因为失去我收集的邮票而痛苦，尽管当我看到罗伊齐克又交到新朋友时还是会心痛。他跑来找我，显得很尴尬，因为我们已有很长时间没有见面。我用大人的口吻冷冰冰地说道：'你这个该死的骗子，我们之间玩完了。'罗伊齐克的脸涨得通红，他立马回应道：'那好吧。'从那时候起，他就像一个战败者那样痛恨我。

"嗯，这件事影响了我的一生。这么说吧，我的世界被玷污了。我不再相信别人，我学会了憎恨和鄙视。后来我再也没交到一个朋友。长大后，我开始这么认为：我一个人生活，不需要别人，也不必向别人示好。后来我发现没有人喜欢我。我把这归因于我鄙视所有感情，对所有感伤免疫。于是我成为一个冷漠的人，一个意志坚强的人。我很在意自己，做事情谨小慎微，不希望自己行差踏错。我对待下属粗暴而严厉，我不爱跟我结婚的女人。我的孩子们都顺从我、惧怕我。在我这个行业我有不错的口碑，我的责任心也为人所称道。这就是我的人生，我的整个人生。除了履行责任，其他的事情我都没有认真去做。等到我死了，报纸就会说我的工作多么有价值，我的性格多么值得学习。但是如果人们知道我有多么孤独，多么固执，怀疑心有多么强，他们就会改变想法了。

“三年前我的妻子去世了。我伤心欲绝，但是我从来没对任何人表露过，包括我自己。在悲伤中，我翻找我的父母留下来的所有家庭纪念品，包括照片、信件、作业本。看到我那严厉的父亲如此精心地保管这些东西，我的喉头哽咽起来。我想他一定还是很爱我的。阁楼里的一只橱柜装满了这些东西，某个抽屉的最下面放着一只盒了，盒子上面有我父亲留下的封印。我打开盒子，发现里面装着五十年前我收集的邮票！

“我不打算对你们隐瞒什么：我的眼泪夺眶而出。找到这个盒子我如获至宝，我把它拿到我的房间。接着我突然想到在我生病的时候，一定是父亲找到了我收集的邮票，他认为没收了邮票，我就会专心学习了。他不应该这样做，但是他这么做全都是因为他关心我、爱我。不知道怎么回事，我开始为他感到难过，也为我自己感到难过。

“当然我也立刻想到了另一件事：罗伊齐克没有偷我的邮票。天哪，是我错怪了他！我的眼前又浮现出那个脸上长着雀斑的邋遢顽童，我好想知道他现在怎么样，是不是还活在世上。跟你们说，一回想起这件事，我就觉得特别难受，羞愧难当。因为一次错误的怀疑，我失去了唯一的朋友，失去了快乐的童年；我开始鄙视下层阶级，开始变得固执己见；我从来不跟任何人亲近；我一看到邮票就会恼怒和厌烦；无论是在结婚前还是结婚后，我都没有给我的妻子写过信，我装作满不在乎，说写信是煽情的行为，而我的妻子很敏锐地察觉到了我的言不由衷。我变成了一个苛刻和冷漠的人。就是因为一次错误的怀疑，我的事业如此成功，我尽职尽责的工作态度堪称典范。

“我重新审视我的整个人生，突然觉得这段人生完全变样。如果没有那次错误的怀疑，我应该充满热情和干劲，应该情感丰富、彬彬有礼、说话风趣、足智多谋，我还应该拥有许多新奇且无拘无束的特质。啊，天哪，我本来可以成为另外一个人，成为一个探险家、演员或士兵！啊，我本来可以对别人怀有好感，可以和他们一起喝酒，可以试着了解他们，噢，我都不知道有多少事情我本来可以去做。我觉得心里的坚冰正在融化。我一张一张地翻看我收集的邮票。它们都在那里，伦巴第的、古巴的、暹罗的、汉诺威的、尼加拉瓜的、菲律宾的……这些地方以前我都很想去，但是现在我一个地方都没去过。每张邮票上面都有从信封上取下来时残留的碎片。整个晚上我都在想着这些邮票，并对我的人生进行反思。我意识到我这一生过得十分虚假，没有一点人情味，这样的人生不属于我，但是正确的人生一直没有出现。”

卡拉斯先生悲伤地摇了摇头。“我一想到我原本会是什么样子，一想到自己如何错怪罗伊奇克——”

听完这些话以后，沃韦斯神父看起来非常沮丧、绝望。很可能他想起了自己人生中的某些事情。他同情地说：“卡拉斯先生，别这么想，这样是没有用的。你现在不可能纠正那个错误了，你也不可能重新来过——”

卡拉斯先生的脸微微发红，他叹息道：“你说的没错。但是你知道吗？不管怎样——我又开始集邮了。”

一个地毯爱好者的烦恼

维塔赛克医生说："嗯，要知道我可以算得上一个波斯地毯的鉴赏家。说真的，陶西格先生，现在的东西跟以前不一样了。现在那些东方骗子给羊毛染色时都怕费事，才不会用胭脂虫红、靛蓝、藏红花、驼红、五倍子等高档有机染料。啊，这可麻烦到让人想哭。嗯，我估计你现在会称波斯地毯为失传的艺术。因为只有1870年以前制作的那些老波斯地毯才有价值，但是这样的东西只有在一些古老家族出售传家宝的时候才能寻得，他们肯卖是出于'家族原因'，直白点说就是为了'还债'。啊，有一次我在罗森伯克的一座城堡里见到了真正的特兰西瓦尼亚地毯，那是十七世纪生活在特兰西瓦尼亚的土耳其人制作的小幅地毯，一般作为祈祷时的跪垫使用。在那座城堡里，游客们穿着钉有平头钉的靴子在那块地毯上踩来踩去，没有人知道它有多么贵重。我跟你说，这简直让我心碎。

“布拉格拥有一张全世界最珍贵的地毯，但是没有人知道。

“嗯，是这样的，我认识镇上所有的地毯商，有时候我会去瞧瞧他们有什么存货。要知道，有时候安那托利亚和波斯的代购人也会碰到从清真寺之类的地方偷来的老地毯，他们会用一张普通的地毯把老地毯包起来，然后把整捆地毯按重量出售，情况就是这样。所以我心里想，没准他们包起来的是拉迪克地毯或柏加摩地毯。有时候我会去拜访一位地毯商，我坐在一堆地毯上，一边抽烟一边看他们把布哈拉地毯、萨鲁卡地毯、大不里士地毯卖给那些傻瓜们。我有时会说上一句：‘下面的那张地毯，就是那张黄色的卖多少钱？’啊，那可不就是一张哈马丹地毯吗？嗯，我也常常去拜访一位赛维林太太，她在旧城的一条偏僻巷子里开了一家小店，有时候可以在她的店里找到一些上乘的卡拉拉姆地毯和平织地毯。她是一个快活的胖女人，嘴巴总是讲个不停。她有一条贵宾犬，那个畜生肥得不像样，让人觉得恶心。它就是那种身体肥胖、脾气暴躁的狗，叫起来呼哧带喘，气势汹汹。我不喜欢这样的狗。喂，你们中间有没有人见过小贵宾犬？我从来没见过。依我说，所有贵宾犬都是老畜生，正如所有巡官、审计员、税务检查员都是老家伙。我估计这是那个犬种的一个特征。但是我很想和赛维林太太搞好关系，所以我总是坐在一个角落里，在那里这条名叫阿米娜的恶犬趴在一张折叠成方形的大地毯上哼着喘着，我就坐在那里给它挠背，它非常享受。

“有一天我对她说：‘赛维林太太，店里生意一定不好吧？我坐着的这条地毯都放在店里三年了。’

“赛维林太太说：‘它在这里可不止三年呢！我把它折叠起来放在那个角落里整整十年了。但是这不是我的地毯。’

“我说：‘啊哈，它是阿米娜的地毯。’

“塞维林太太轻声笑着说：‘瞧你说的。这是一位女士的地毯。她说她家里没地方放，所以就放在这里了。搁在我这里也很碍事，但不管怎样阿米娜可以在上面睡觉，是吧，阿米娜？’

“我只是拉了拉地毯的一角，阿米娜就开始凶巴巴地咆哮起来。我说：‘哇，这条地毯相当有年头了。我能看看吗？’

“赛维林太太说：‘当然可以。’她给阿米娜套上项圈，说道：‘快走，阿米娜，这位先生只是要看一眼地毯，然后他会再给阿米娜铺好的。嘘，阿米娜，不准叫。好了，你这个蠢货。’

“我把那张地毯铺开，我跟你讲，那时候我的心脏怦怦直跳。那是一张十七世纪的安那托利亚地毯，上面有很多地方磨破了，但是你要知道这就是所谓的‘小鸟地毯’，上面有钦塔曼和小鸟的图案。我跟你说，这是一种神圣的图案，不得随意使用。你可以相信我，这张地毯十分罕见。它至少有三十平方码（约二十五平方米），主色是漂亮的白色，上面交织着绿松石蓝和樱花粉……我走到窗户旁边，这样赛维林太太就看不到我脸上的表情。我说：‘这东西相当有年头，赛维林太太，它在你这里变得破破烂烂的。听我说，你告诉那位女士，如果这张地毯她没有地方放，我就把它买下。’

“赛维林太太说：‘这可不太好办。这张地毯是非卖品，那位女士一直都在梅拉诺、尼斯之类的地方游荡。我甚至都不知道她什么时候在家。但是我会试着问问她。’

“我尽量平淡地说：‘好吧，请问问她。’然后我就去忙我自己的事情了。要知道，对于一名收藏者来说，用很便宜的价钱买下一样珍品是一件很荣耀的事。我认识一位非常富有的大人物，他喜欢收藏书籍。花几百克朗买几本二手书他眼睛都不会眨一下，但是从旧货商那里花几分钱买到扬·克拉索斯拉夫·克梅伦斯基的第一版诗集他会高兴得跳起来。收藏就是一项体育运动，跟猎鹿一样。所以我下定决心一定要以低价买到那张地毯，然后我会把它赠送给博物馆，因为那里才是这种珍品唯一的归宿。但是地毯上必须加上一个标签，上面注明：维特德赛克赠。毕竟每个人都有自己的爱好，不是吗？我不介意承认我对这张地毯念念不忘。

“第二天我强忍着没去问那张有钦塔曼和小鸟图案的地毯可不可以卖。我满脑子想的都是那张地毯。每天我都对自己说，我必须再熬一天。有些时候我们就是喜欢自己折磨自己。但是大约两周过后，我突然想到也许别人会在那里找到那张小鸟地毯，于是我急忙来到赛维林太太的店铺。我站在门口上气不接下气地问道：‘喂，问得怎么样了？’

“赛维林太太惊讶地说：‘什么问得怎么样了？’我整理了一下自己的思绪，说道：‘哦，我正好走过这条街，突然想起那张白色地毯。那位女士肯卖吗？’

“赛维林太太摇了摇头。她说：‘不能卖。她现在在比亚里茨，没人知道她什么时候回来。’于是我去看了看那张地毯是否还在。阿米娜果然还趴在上面，它比以前更肥硕、更肮脏，它正等着我给它的后背挠痒。

“几天后我要去伦敦。我一到了那里就瞅准机会拜访了道格拉斯·基思爵士。要知道，他可是鉴赏东方地毯最权威的人物。我对他说：‘您是否能告诉我一张面积在三十平方码以上、上面有钦塔曼和小鸟图案的白色安那托利亚地毯值多少钱？’

“道格拉斯爵士透过他的眼镜打量我，突然厉声说：‘一文不值。’

“我吃了一惊，说道：‘您说一文不值是什么意思？为什么这张地毯不值钱呢？’

“道格拉斯爵士对我吼叫道：‘因为这种地毯没有那么大的。你应该很清楚，目前所知的带有钦塔曼和小鸟图案的地毯最大的也只有十五平方码。’

“我兴奋得涨红了脸。我对他说：‘但是如果真有那么大的，那应该值多少钱？’

“道格拉斯爵士吼叫道：‘我说过了，一文不值。像那样的地毯是独一无二的，你怎么能确定一件独一无二的东西值多少钱？如果一张地毯是独一无二的，它可能值一千英镑，也可能值一万英镑。我怎么会知道？总之世上没有这样的地毯存在。再见，先生。’

“你可以想象我回来的时候是什么样的心情。上帝啊，我一定要得到那张有钦塔曼和小鸟图案的地毯。那可是会成为博物馆的意外之财。但是要牢记一点，我不能表现出我对地毯很在行，因为这不是收藏者的做法。而且不要忘了，赛维林太太没有什么特别的理由要出售那张供阿米娜打滚的破烂旧地毯，而那个讨厌的地毯主人还在四处游荡，从梅拉诺跑到奥斯坦德，又从巴登跑到维希。她的家里一定有一本可以查找到许多疾病的医学辞典。总之她在一个又一个的矿泉疗养地流连忘返。每隔两个星期我就会去赛维林太太的店里看看那张有小鸟图案的地毯是否还放在那个角落里。我给可恶的阿米娜挠痒，直到它舒坦得叫唤起来。为了掩示我去店里的意图，每次我都会买地毯。我跟你讲，我家里有成堆成堆的地毯，大多是诸如设拉子地毯、希尔凡地毯、摩苏尔地毯、卡布里斯坦地毯这样的普通货色。但是我也有一张经典的德尔本特地毯，没错，先生，这个可不常见。我还有一张蓝色的呼罗珊老地毯。但是只有收藏者才能明白这两年里我的艰辛。爱情会让人痛苦，但与收藏者的痛苦相比也算不得什么。有意思的是还从没听说过有哪个收藏者自杀，他们往往还挺长寿。我认为收藏者的痛苦是一种健康的情绪。'

"有一天赛维林太太突然对我说：'对了，那张白色地毯的主人扎内利太太回来了。我跟她说有人想买那张白色地毯，反正它放在这里会变得越来越破旧。但是她说那是一件传家宝，她不想卖。我就还是把它原地放着了。'

"你们可以想象得到，我亲自去找了这位扎内利太太。我原本以为她是一位上流社会的贵妇，没想到她是一个又老又丑的邋遢女人。她鼻子发紫，头上顶着假发，嘴巴奇怪地不停抽搐，都快咧到她的左耳了。

"我忍不住要看她那张乱抽搐的嘴。我说：'太太，我很想买您的那张白色地毯。当然，地毯是有一点破旧了，但是放在——呃——放在我家门廊挺合适的。'就在我等她回话的时候，我感觉我自己的嘴巴也要向左边抽搐。我不知道是被传染了还是因为神经性兴奋，但是我就是控制不了。

"那个可怕的女人尖叫起来：'你好大的胆子！'她又吼叫道：'立刻从这里滚出去，立刻滚！那是我祖父留下的传家

宝。如果你不滚，我马上叫警察。告诉你，我扎内利一张地毯也不会卖。玛丽，送这个男的出去。’

“告诉你，当时我就像一个男学生一样跑下楼梯。我真想大哭一场。接下来该怎么办？接下来的一年里我一直坚持去赛维林太太的店铺。现在阿米娜肥得不像样，毛也秃了，还学会了哼哼唧唧。一年过后扎内利太太又回来了。那时候我让步了，我做了一件事。作为收藏者，我一辈子应为自己的做法感到羞愧：我让我的朋友宾保去找她。宾保是一位彬彬有礼的律师，他的胡须总是让女人毫无保留地相信他。我叫他以合适的价钱从那个女人那里买回小鸟地毯。而我在楼下等着，就像一个等待答复的求婚者那样焦灼不安。三个小时之后，宾保从屋子里走出来，擦了擦脸上的汗水。他气喘吁吁地说：‘你这个无赖，我要拧断你的脖子。我为了帮你在这里听了整整三个小时的扎内利家族史。’他恶狠狠地大声叫道：‘你是得不到那张地毯的。如果那件传家宝被送进博物馆，十七位扎内利家族的先人会死不瞑目。天哪，你居然这样耍我！’说完他就离开了。

“现在你知道当一个人想到一个主意，他并不会那么快就放弃。如果他是个收藏者，他就会不畏艰难得到他想要的东西。收藏真是勇士才能做的工作。于是我打定主意直接把那张有钦塔曼和小鸟图案的地毯偷到手。我先摸了一下地形。赛维林太太的店铺在一个庭院里，晚上九点过道就锁上了。我不想用万能钥匙开锁，因为这种事情我一窍不通。过道通往一个地下室，在过道锁上之前可以躲在地下室里。院子里还有一个小棚屋，从棚屋顶上可以爬到另一个院子，这个院子属于一家酒吧，从酒吧脱身总是很容易。所以事情很简单，唯一要做的就是想办法打开店铺的窗户。为此我买了一把玻璃割刀。我拿自己家里的窗户操练，直到掌握了如何移除窗玻璃技巧。

“现在你不要以为盗窃是一件简单的事。这可比做前列腺手术或肾脏手术还要难。第一，避人耳目就是一件难事；第二，过程中需要长时间的等待，还会碰到诸多不便；第三，有许多不确定因素存在。你永远也不知道可能遇上什么情况。相信我，这个工作非常辛苦，报酬还低。如果我家里进了盗贼，我会拉着他的手温和地说：‘喂，你就不能用点对你来说更方便的法子盗窃吗？’

“我必须承认我不知道其他人是怎么盗窃的，但是我自己的经历确实不怎么鼓舞人心。在那个关键的晚上，我溜进那栋楼，然后藏在通往地下室的楼道里。警方报告里一定会这么写。但是实情是我冒雨在门口晃荡了半个小时，极其惹人注目。最后我痛下决心（就像一个人痛下决心拔掉一颗牙），终于走进过道。不出所料，在那里我遇见一个去隔壁酒吧拿啤酒的女服务员。为了平复她纷乱的心绪，我说她是个可爱迷人的女子，她听了之后吓坏了，慌忙逃走。然后我躲在通往地下室的楼道里。那些不讲卫生的粗人在楼道里放了一个垃圾箱，里面堆放着清扫物和其他垃圾。我偷偷溜进楼道时碰翻了垃圾箱，大部分垃圾哗啦一声撒了出来。后来那个女服务员拿着啤酒回来，告诉酒吧看门人有个形迹可疑的人进了酒吧。但是这个家伙泰然自若，他说可能是喝醉酒的人在隔壁的酒吧迷了路。一刻钟过后，看门人打了个哈欠，清了清嗓子，然后锁上门，一切都安静下来。我只能听见楼上有一个女服务员在大声哭泣。有意思，女服务员哭起来动静可真大，可能她们也有烦心事吧！我开始觉得冷，而且闻到一股又馊又霉的味道。我四下摸索，但是摸到的东西都是黏糊糊的。天哪，维塔赛克医生，我们尊敬的泌尿疾病专家在这里留下了多少指纹啊！我想肯定已经是午夜了吧，但实际上才十点。我本想在午夜开始我的盗窃行动，但是到十一点我就忍受不了了，于是就提前开始偷地毯。你不知道在黑暗中行进会弄出多大动静，但是酒吧里人都已熟睡。我终于来到那扇窗户跟前开始切割玻璃，切割时发出刺耳的声响。屋子里传来低沉的犬吠。天啊，那是阿米娜。

“我轻声说：‘阿米娜，你这个丑陋的畜生，给我安静点。我是来给你挠后背的。’但是你知道吗？在黑暗中用玻璃割刀沿着同一条线切割有多难。所以我拿着玻璃割刀在窗玻璃上胡乱切割着，最后我的力道稍微猛了一些，那该死的窗玻璃啪地一声破了。我对自己说，这下完蛋了，附近的人都会跑来看发生了什么事，我最好找个地方藏身。但是什么事也没有发生。于是我又极其冷静地继续切割窗玻璃，然后打开那扇窗。屋子里的阿米娜不时嚎叫几声，但是它对自己看家护院的工作只是敷衍了事，流于形式。所以我从窗户爬进屋子，径直走向这条可恶的狗。我表现得很热情，对它轻声说道：‘阿米娜，你的背在哪里？快点过来，我是你的朋友。你这个畜生，你喜欢这样挠痒，对吧？’阿米娜欢快地扭动着它那麻布袋一样臃肿的身体。我非常亲切地说：‘这就对了，快放开地毯，狗狗。’我试着将它身体下面那张珍贵的小鸟地毯拽出来。这时候我估计阿米娜认为它所拥有的东西处于险境，就要落入旁人之手，它开始奋力嚎叫，根本不是小打小闹地吠叫。我急忙制止道：‘我的天啊，阿米娜，安静点，你这个畜生。等一会儿我会给你铺一条更好的毯子。’然后哗地一声我从墙上扯下来一条有光泽但丑陋的科曼地毯，赛维林太太认为它是这店里最拿得出手的东西。我轻声说：‘阿米娜，这就是你睡觉用的地毯。’阿米娜饶有兴趣地盯着我，但是我刚准备给它铺地毯，它就再次嚎叫起来。我估计在很远很远的地方都能听到它的叫声。于是我再次给这个可恶的畜生挠背，让它欲仙欲死，欣喜若狂。我用双臂抱住它，但当我用手抓住那条独一无二、有着钦塔曼和小鸟图案的白色地毯时，它喘息着哼了一声，然后又开始吠叫。情况确实就是如此。我一筹莫展，对它说道：‘你这个畜生，我要杀了你。’

“要知道，杀狗这种事情我不在行。我盯着那条肥胖、卑鄙的恶犬，心中的憎恶达到顶点。我从来没有像这样强烈地憎恶过什么，但我下不了手。我有一把锋利的刀，还有一条皮带：我可以割断这个畜生的喉咙，或者把它勒死，但是我不忍心。我挨着它在那条不同寻常的地毯上坐下，手指在它的耳后轻抚。我对自己轻声说：‘你这个胆小鬼，一两个动作就足以要了这条狗的小命。你在工作中给那么多人做过手术，看过那么多人在恐惧和痛苦中死亡，那你为什么就不能杀一条狗？’告诉你吧，当时我咬紧牙关，鼓起勇气，但是还是办不到。就在那个时候我完全崩溃，失声痛哭。我想这一定是因为我为自己的行为感到羞耻。然后阿米娜开始哼哼唧唧，用舌头舔我的脸。

“我对它咆哮道：‘你这个可恶、恶心、一无是处的怪物。’我拍了拍它长着疥癣的背，然后从窗户爬到院子里。我这算是落荒而逃了。接下来我想跳上棚屋，然后顺着屋顶爬到另一个院子，再从酒吧出来。但是我一丝力气也没有了，棚屋的屋顶也比我想象得要高，无论如何我是爬不上去的。于是我又回到通往地下室的楼道。我在那里一直待到天亮，整个人疲惫不堪。我真够傻的，我应该睡在那些地毯上，但之前愣是没想到。早上我听到酒吧看门人开门的声音。我等了一会儿，然后径直走向出口。这个酒吧看门人站在门口，当他看到一个陌生人走出通道时惊讶万分，竟然忘记要询问一下。

“几天后我去拜访赛维林太太。她家的窗户装上了格栅，而那个神圣钦塔曼图案上当然还是趴着那条令人厌恶的狗。它一看见我就高兴地摇晃起它身上那条像粗短香肠一样的东西，换作是别的狗，我们称这个部位为尾巴。赛维林太太对着我眉开眼笑。她骄傲地说：'这是我们亲爱的阿米娜，我们的宠物，我们可爱的小狗狗。你瞧，几天前有一个盗贼破窗进入店里，我们的阿米娜把他给赶走了。啊，就算拿全世界所有的钱来换它，我也不愿意。但是它很喜欢你，它看一眼就能分辨出谁是正直的人，对吧，阿米娜？'

"好了，整个故事就是这样。那张独一无二的白色地毯还是铺在那个店里。我相信它是世界上最珍贵的纺织品之一，现在享用它的还是那条身上结痂、发臭的恶犬阿米娜。如果它有一天因为肥胖而窒息，我一点也不会惊讶。到那时候我也许会再试一次，但是首先我得学习怎样锉断窗户格栅。"

优惠券

在八月那个酷热的晚上，河边的咖啡馆人满为患。因此明妮和乔只好和别人拼桌，那张桌子已经被一位蓄着浓密小胡子的男士占了。乔说："我们坐在这里你不介意吧？"那位男士只是点了点头。（明妮在心里说，这个男人真讨厌，怎么就和我们坐在一桌了？）明妮首先摆着女公爵的姿态坐了下来，她那张椅子事先已经被乔用手帕擦过。过了一会儿，她拿出她的粉扑在鼻子上补妆，确保那里不会因酷热而泛油光。就在她取粉扑时，一张皱巴巴的纸从她的手提包里掉了出来。随即那个留着小胡子的男人弯腰捡起那张小纸片，并用阴沉的声调说：

“请保管好这个，小姐。”

明妮脸红了。她脸红一是因为有陌生男子跟她讲话，二是因为她恼恨自己。

“谢谢。”她说完后立即转向乔，并对他说道：“这是我买长袜那家店的优惠券。”

那个忧郁的男人说：“这样啊！你可说不准它会派上什么用场，小姐。”

乔认为自己作为一个男人，也有必要发表一下意见。他看都没看那个陌生人，说道：“把这些没用的纸留着干吗？这些东西放在你的口袋里就是垃圾。”

留小胡子的男人说：“你不知道，有时候像这样的东西比你想象得更有价值。”

明妮脸上的表情很不自然。（那个讨厌的男人居然探听我们的谈话。为什么之前我们不挑个别的地方坐？）乔决定停止这一切。他竖起眉毛冷冷地问道：“你说更有价值是什么意思？”（他这么问真是太恰当了，明妮满意地暗自想道。）

那个讨厌的男人低声说：“可以成为一条线索。”他又补充道，“我是在侦探部门工作的。我的名字叫索切克。我们刚接手了一个这样的案子。”他一边挥舞着手一边说：“人们从来都说不清楚他们的口袋里装了些什么。”

乔忍不住问道：“是什么案子？”（明妮瞟了一眼临桌的小伙子。好吧，乔，你跟陌生人讲话，我得惩罚你。）

“嗯，他们在罗兹提里附近发现了一个女人。”留小胡子的男人说完这句话后陷入了沉默。

明妮突然来了兴趣，很可能是因为有个女人牵扯进这个案子里。她不假思索地问道：“是个什么样的女人？”

这位在侦探部门工作的索切克先生低声含糊地回答道：“就是他们在那儿发现的一个人呗。”他可能是觉得有点尴尬，于是从口袋里掏出一支烟。随即发生了一件意料之外的事情：乔把手伸进自己的口袋掏出打火机，然后给那个男人点火。

索切克先生显然很感激，说道：“谢谢！你知道吗？有几个收割者在罗兹提里和卡奇之间的一片玉米地里发现了一具女尸。”他以这样的解释来回报乔的好意。

明妮吃了一惊，瞪大眼睛问道：“我从来没听说过这件事。乔，你还记得我们是什么时候去的卡奇吗？那个女人发生了什么事？”

索切克先生冷淡地说：“她是被勒死的，脖子上还留有绳索。当着这位小姐的面，我不好细讲她的样子。你们知道吗，那时候是七月，她已经被抛尸差不多两个月。”索切克先生有点反胃，吐出一口烟，“你们肯定想不出在这种情况下人会是个什么样子。啊，就连亲妈也认不出。还有苍蝇——”索切克先生悲哀地摇了摇头，“小姐，人一旦失去了皮肤，美感也就荡然无存了。查明死者的身份真是个糟糕的差事。如果鼻子和眼睛还在，那还有一线希望。但是尸体已在阳光下暴露了一个多月——”

乔像个专家似的说道：“但是尸体上一定有姓名的首字母吧？”

索切克先生低声说：“没这么走运。单身女性身上一般不会有姓名首字母，因为她们觉得这么做没有意义，自己很快就会结婚，然后就随夫姓了。那个女人身上就没有找到姓名首字母。”

明妮很感兴趣地问道：“那她有多大年龄？”

“医生说大概二十五岁。这是根据她的牙齿和其他一些方面的特征鉴定的。从她的穿着来看，她生前可能是个女工或女佣，最有可能是女佣，因为她穿着一条土气的裙子。此外，如果她生前是女工，那一定会有人打听她的下落，因为女工一般会在一段时间内做同一份工作或住在同一个地方。但是如果女佣换了工作，就没有人知道她的消息，也没人关心她的消息。这一点很奇怪，不是吗？所以我们认定，如果两个月都没有人打听她的下落，那她很可能生前是一个女佣。但是最关键的线索是一张优惠券。”

乔急切地问：“是什么优惠券？”他肯定感受到自己的英雄气质，就像侦探、加拿大拓荒者、船长那样的人所拥有的那样。因为关注这件案子，他脸上的表情变得专注而积极。

索切克先生郁闷地盯着地面，开始说道：“啊，是这样的。在她身上没找到什么东西。那个杀害她的人把她所有可能值点钱的东西都拿走了。但是她的左手还攥着从手提包上扯下来的带子，没了带子的手提包就丢在不远处的玉米地里。那个人很可能想把手提包从她的手中拽出来，但是手提包的带子断了，成了废物一件，所以他就把手提包扔进了玉米地里。但是他先已经把所有值钱的东西都拿出来了，不是吗？包里只剩下一张折叠起来的七号线有轨电车车票，还有一张瓷器店的优惠券，上面显示购物金额为五十五克朗。我们在她身上找到的就是这些了。”

乔说道：“你们应该仔细调查她脖子上的绳子。”

索切克先生摇了摇头。他悲伤地说：“那只是一根晒衣绳，从中找不到什么线索。除了有轨电车车票和优惠券，我们什么也没找到。当然，我们登报说找到一具女尸，死者年约二十五岁，身穿灰色裙子及条纹上衣。如果有女佣失踪大概两个月，请向警察机关报告。后来有一百个人前来报告。你们看啊，女佣最爱在五月份换工作，但没人知道为什么。这些人的报告都没有提供有用的线索。跟你们说啊，这工作简直没完没了，整天都要调查一堆这样的细节。比方说你要调查一个曾经在德佛策工作的女佣，在你再次在文索维策或科西拉寻得她的踪迹之前，你得整天四处奔波，结果还是徒劳无功。那个荡妇活得好好的，还大胆无礼地嘲笑你。”

咖啡馆里正放着瓦格纳的《女武神》，乐队在演奏中使出了浑身解数。索切克一边满意地跟着音乐的节奏来回晃着脑袋，一边说道：“他们现在放的唱片真不错。这音乐有点悲伤，不是吗？我很喜欢悲伤的音乐，所以我会参加所有隆重的葬礼，然后在那儿抓扒手。”

乔说道：“但是凶手肯定留下了一些线索。”

“你们看到坐在那边的那个家伙了吗？”索切克先生饶有兴趣地说道：“你知道他是什么样的人吗？他经常偷教堂的捐款箱。我倒想看看他来这里有什么图谋。凶手没有留下任何线索。但是让我告诉你吧，如果你发现一个女孩被杀了，你完全可以肯定是她的情人干的。”他又忧郁地说：“事情就是这样。小姐，你就不必为这事费心了。我们想知道是谁杀害了她，但是首先得弄清她的身份，这才是问题的关键。”

乔犹豫地说：“但是警察局会有处理这种事情的方法吧！”

索切克先生仍旧闷闷不乐，他说：“噢，当然有方法，就像大海捞针那样的方法。我告诉你们，做这样的工作要有足够的耐心。我喜欢读那些写到显微镜之类东西的侦探故事。但是在弄清那个可怜女孩的身份这件事情上，显微镜又有什么用处？如果你想看看尸体上肥肥的蛆虫倒是可以，如果你愿意，还可以带它们出去散个步。小姐，我无意冒犯你，只是我听到有人谈论方法就总是要冒火。要知道，这不像是读一本故事书，然后猜故事的结局。这更像有人给你一本故事书，并跟你说：啊，这本书给你，你要一个字一个字地读，当你看到‘虽然’这个词的时候就记下它所在的页码。我们做的就是这样的工作，明白了吗？讲方法或耍聪明都没有什么用。你要做的就是不停地读啊读，当你读完这本书后，你发现书里根本就没有‘虽然’这个词。同样地，你要把布拉格跑个遍，摸清大约100个名叫安捷利卡或玛丽亚的姑娘的行踪，通过这样的侦探工作，你才能确定她们中没有人被杀。”他继续不满地说：“这才是作家应该要写的东西，而不应该写示巴女王被盗的珍珠项链。因为说到底，这样的作品才是合理可信的。”

乔早就料定他有不同的解决方法，于是问道：“那你们后来是怎么着手调查的？”

索切克先生说：“我们怎么着手调查的？嗯，我们首先要有行动依据，不是吗？一开始我们盯着那张七号线有轨电车车票。假设这个女孩生前是一名女佣，在七号线附近的某个地方工作。这种假设可能并没有意义，因为她乘坐这条线路的电车可能只是偶然。如果我们要开始调查，必须先确信某件事情，不是吗？而我们能确信的唯一事情就是七号线连接布拉格的两端。所以情况很不妙，我们束手无策。那儿还有一张优惠券，它至少表明在过去某个时间，这个女孩在一家瓷器店买了价值五十五克朗的商品。于是我们去了那家商店。”

明妮喘着气说：“他们记得她来过那儿吗？”

索切克先生发牢骚地说：“小姐，记得她？他们并不记得。但是我们部门的警长梅兹里克先生去问了在那家店用五十五克朗可以买到什么。他们告诉他说可以买各种各样的东西，一件或多件。但是只有一样商品的售价恰好是五十五克朗，那是一只茶壶，它的容量适合一个人使用。警长说：‘嗯，我要买一只茶壶，但是那是个次品，所以不值那么多钱。’后来警长叫我过去，对我说：‘听着，索切克，你有一个任务。假设这个女孩是个女佣。像她这样的女孩总是打破东西。她第三次打破东西的时候，女主人对她说，你这个蠢货，你得自己掏钱赔偿。所以这个女孩去买了一样商品来替代。唯一一件售价五十五克朗的东西是这样的一只茶壶。’我对他说：‘这东西还真贵。’他继续对我说：‘伙计，这就是关键。首先这说明女孩要保留优惠券的原因。这对她来说不是一笔小钱，可能她认为某天她的女主人会把这笔钱给她。还有一点，这个茶壶的容量适合一个人使用，这表明这个女孩单独服侍一个人，或者她的女主人家有一位房客，早餐的时候使用这只茶壶。使用这个茶壶的人很可能是女人，因为男人不太可能买这种精致且昂贵的茶壶，不是吗？男人一般只在意茶壶里装着什么。使用这个茶壶的人最有可能是一个老处女，因为如果房客是那样一个女人，她就会非常渴望拥有漂亮的东西，所以她会买一些华而不实的商品。’”

明妮大声说道：“说得没错。我就有一个漂亮的小花瓶，乔！”

索切克先生说：“我说对了吧。但是你没有保留商品优惠券，是吗？所以后来警长对我说：‘好吧，索切克，让我们来做进一步的猜想。所有事情都不确定，但是我们刚才已经开始做了些设想。现在你听我说，能花五十五克朗买一只茶壶的人不可能住在利希科夫。’（要知道，梅兹里克先生也曾留意过有轨电车七号线，也就是那张车票上显示的线路。）他说：‘布拉格中部不会有太多房客，而住在马拉斯坦那的人只喝咖啡。要我说的话，我认为这个人最有可能住在海拉德策尼与德佛策之间。事实上，我倾向于认为用这种英式茶壶喝茶的女士不太可能住在别的地方，只会住在带花园的小宅子里。你知道吗，索切克，那是现代英式住宅区。’看吧，我们的这位梅兹里克先生有时候会有这种疯狂的想法。他又说：‘现在我跟你说，索切克，你拿着这只茶壶到镇上的英式住宅区问问，看有没有经济情况不错的老处女房客住在那附近。如果她们之中有人拥有这样的茶壶，就问她女房东的佣人是不是在五月份走了。这个线索实在是不怎么样，但还是值得一试。现在就去吧，伙计，这就是你现在的工作。’

“嗯，你们知道吗，我不太喜欢这样的猜测。一名优秀、正直的侦探不是一个观星者或算命者。胡思乱想不是侦探该做的事情。当然，有时候他们偶尔会歪打正着，但是靠偶然破案并不是我说的踏实工作。现在那张车票和那只茶壶至少还是我能看见的东西，但是其他东西就只是……臆想了。”索切克先生说到“臆想”这个文绉绉的词的时候，显得很不好意思。他继续说道："所以我以我自己的方式着手解决问题。我在那周围挨家询问他们是否有那样的茶壶。信不信由你，当我来到第四十七家时，那家的佣人告诉我：'哎呀！我家女主人的房客有个一模一样的茶壶。'所以我让佣人告诉女房东我要见她。女房东是一位高级军官的遗孀，她把两个房间出租给了两位女房客。其中一位女房客是英文老师雅蔻贝克小姐，她正好有这样一个茶壶。我说：'女士，您有一名女仆是五月份离开的吗？'女房东说：'是的，没错，我们叫她玛卡，但是现在我不记得她另外一个名字了。'我又问：'她在离开之前是不是打破过您家房客的东西？'女房东说：'是的，她的确打破过东西，她得自己掏钱再买一个。但是我的天哪，你是怎么知道的？'我说：'啊，女士，我们无所不知呢！'

"嗯，此后就一帆风顺了。首先我发现了与玛卡要好的女佣。真有意思，女佣们的亲密关系只存在于两个人之间，绝对不会再有第三个人。这两个人之间无所不谈。我从这个女佣口中得知那个女孩名叫玛丽·帕西泽克，来自德来维奇。但是我最想知道玛卡的男朋友是谁。她说那人名叫福兰塔，她不清楚这个人是做什么的，但是记得曾经与他们两个一起去过伊甸园舞厅，那里有一个人对福兰塔大声叫唤：'近况怎么样啊，福达！'后来我们找到弗里巴先生。你知道吗，这个人对所有的别称了如指掌。弗里巴直截了当地说：'福兰塔又名福达，这个家伙可能是自称克鲁提尔，但是他的真名是帕斯提里克。他来自科西拉，千真万确。我要去逮住他，但是我们两个得联手。’于是我就跟着他去了，虽然这并不在我的工作职责之内。我们抓到他的时候，他正和他的女朋友在一起。他态度很恶劣，想要开枪。后来他被移交到马提奇卡警长手里。跟你们讲啊，没人知道他是怎么办到的，16个小时之后这个名叫福兰塔或帕斯提里克的家伙什么都招了。他承认在玛丽·帕西泽克离开工作的地点后，他就在篱笆上勒死她并拿走了她身上的一些克朗。”他悲哀地补充说：“知道吗，他曾许诺要娶她的——这些人都是这样。”

明妮浑身战栗。她低声说：“乔，这是不是很可怕？”

索切克先生严肃地说：“现在没什么可怕的了。但是你们知道吗，当我们站在玉米地里的尸体旁边，并且只找到一张优惠券和一张有轨电车车票的时候确实很可怕。就是这样几张没有价值、没有用处的废纸让我们为那个可怜的女孩报了仇。正如我之前说的，你永远不要把东西扔掉，永远不要。连最没用处的东西都有可能成为一条线索或一个证据。先生，你永远也说不清你的口袋里可能装着什么重要的东西。”

明妮因惊骇而睁大的双眼中含满了泪水。她饱含深情地转向乔，并将那张刚才在紧张中已被她揉成小球的优惠券从她汗津津的手中扔掉。乔没有注意到她这个动作，因为他在看星星。但是警察局的索切克先生看到了，并报以悲哀而了然的一笑。

失踪的演员

9月2日那天，演员本达失踪了。自成名之后，本达已完成了一次飞跃，成为一线戏剧演员。实际上，9月2号那天什么也没有发生。清洁女工早上9点来到本达的公寓做清扫，她发现床上乱糟糟的，所有东西都杂乱无章，这是本达家的常态。本达那时候并不在家中。清洁女工觉得没什么异常，草草地把公寓归置了一番，然后像往常一样打扫。当时一切都很正常。不过从那以后本达就完全失去了行踪。

清洁女工玛里索娃太太竟然没太把这件事当回事儿。要知道，演员就像流浪者，没有人知道他们下次会在哪里出现，也许是在剧院里，也许是在宴会上。但是9月10日本达有通告，他应该去剧院彩排《李尔王》。第三次彩排时本达还是没有露面，他们开始心神不安，于是打电话给本达的朋友戈德堡医生，问他是否知道本达出了什么事。

戈德堡是一名外科医生，阑尾切除手术让他赚了大钱。犹太人较多从事这样的工作。他长得矮矮胖胖，戴着一副大大的金边眼镜，是一个心地很好的人。他很热爱艺术，在他的公寓里，从地板到天花板到处都摆满了画。他非常喜欢本达，本达对他虽然友好，但也有些不屑。他在本达面前是有些屈尊的，本达喝酒都是他来买单（这在我们之间可不是一件小事）。本达和戈德堡医生（他只喝水，不喝别的）一悲一喜的两张脸孔给那些盛大的狂欢和疯狂的冒险增色不少，而这些狂欢和冒险则给这位著名演员带来些不好的名声。

他们在剧院给戈德堡医生打电话，问他本达发生了什么事。他说他不知道，但是会去找他。他没有说他找了本达整整一个星期，寻遍了所有夜总会和其他本达常去的地方。他越来越担心，有一种不祥的预感，觉得本达出了事。目前可以肯定的是，彦·本达失踪之前，戈德堡医生是最后一个见到他的人。八月末他还跟本达在布拉格有过一场夜晚娱乐活动，但是此后，本达再也没有参加过他们平时的聚会。戈德堡医生想本达可能病了，于是有一天晚上去了他的公寓。那天是9月1日。戈德堡医生按了门铃，但没人来开门。他听到屋子里面有声响，于是又按了五分钟的门铃。突然他听到脚步声，门打开了。站在他面前的正是穿着睡衣的本达。看到本达时，戈德堡医生惊呆了。这位著名演员让人望而生畏，他头发乱蓬蓬，胡子有一个星期没刮，而且他看起来憔悴不堪，脏兮兮的。

他粗鲁地说："是你啊？你来干什么？"

戈德堡医生喊道："天哪，你这是怎么了？"

本达怒吼道："我没事。如果你叫我出去，我哪里也不去。别来烦我。"他当着戈德堡医生的面砰地一声把门关上了。

第二天本达就失踪了。

戈德堡医生闷闷不乐，厚厚的眼镜片后面双眼呆滞。显然这里面出了什么差错。本达住的那座公寓楼的门房告诉他，就在最近，可能就是9月1号或9月2号，有一辆车在凌晨三点停在了房子前面。没有人从车上下来，但是车喇叭响了，像是在给房子里的人发信号。然后听到有人离开公寓，并把前门砰地一声关上。后来那辆车开走了。门房不知道那辆车是什么样子，他并没有出去看。按理说，一个人绝不会在凌晨三点从床上爬起来，除非他必须这么做。不过听汽车的鸣笛声，好像车里的人十分着急，一刻都不能等。

玛里索娃太太说本达先生一个星期没有出门（可能晚上出去过），没有刮胡子，而且看他的样子，还很有可能没有洗漱。他所做的就是吃外卖食品，喝白兰地，再就是躺在沙发上。现在其他人也开始关心本达失踪一事，戈德堡医生为此又去找玛里索娃太太。

他说："大姐，你知道本达离开时穿的什么衣服吗？"

玛里索娃太太说："他没穿衣服，真让我担心。他什么也没穿。他所有的套装我都知道，那些套装全都挂在公寓里，连一条裤子都没有少。"

戈德堡医生非常吃惊地说："但是他不会只穿着内衣出门，是吧？"

玛里索娃太太说："他也没穿内衣，而且没穿靴子。这很古怪吧，先生。您瞧，我把他要洗的衣物都做了记录，因为我要把这些都送到洗衣店。洗衣店刚刚才把洗干净的衣物送回来，我做了整理和清点，他有18件衬衫，一件都没少，连一条手帕都没少，东西都在。唯一不见了的是一只他常用的手提包。如果他真的走了，那他一定是一丝不挂。"

戈德堡医生看起来异常严肃。他说："大姐，你9月2号到公寓去时，有没有发现异样的混乱？我的意思是，有没有东西丢了或者门是不是被砸开了？"

玛里索娃太太说："说起混乱吧，还是像往常那样混乱。先生，本达先生确实是个不爱整洁的人。但是除此之外，真没有什么异样的混乱了。我想问，他那样一丝不挂能去什么地方呢？"

但是戈德堡医生和她一样疑惑不解，在极度的忧虑不安中他联系了警察局。

戈德堡医生讲述了他所知道的一切，警察巡长说：“好的，我们会找他的。但是根据你所说的，他把自己关在家中一整个星期，没有洗漱也没有刮胡子，只是躺在沙发上，喝白兰地，然后就像一个非洲黑鬼那样赤身裸体地消失了。啊，先生，这在我看来就像——嗯，你可以称之为——”

戈德堡医生脱口而出：“神经错乱。”

警察巡长说：“没错，先生。因精神失常而自杀。知道吗，要是他真是这么干的，我一点也不会吃惊。”

戈德堡医生以怀疑的口吻说：“但如果是这样应该会找到他的尸体。而且他一丝不挂，又能走多远呢？为什么他要拿着他的手提包？在房子前面等候的车又是怎么回事？先生，他更像是逃跑的。”

警察巡长想起了什么别的事情，问道：“顺便问一句，他有欠债吗？”

医生急忙说：“没有。”实际上本达欠了不少债，但是他根本不当回事。

“那么，嗯，他有没有丑闻，是不是失恋了，还是担心自己的健康，或者惹上了什么不同寻常的麻烦？”

戈德堡医生犹豫地说：“据我所知没有。”他确实想起了一两件事情，但是藏在心里没说。不管怎样，这些事跟本达莫名其妙的失踪扯不上什么关系。警察局一定会竭尽所能去找本达。从警察局出来后，戈德堡医生准备回家。一路上他在心里把他所知道的关于本达那些方面的事情想了个遍，但也没想起几件。

1. 本达在国外有个老婆，但是他对她从不上心。

2. 他在布拉格市郊有个情人。

3. 他跟一个名叫葛丽泰的女人有染，这个女人是工业大亨科贝尔的妻子。葛丽泰非常想当演员，所以科贝尔先生就投资了几部电影，葛丽泰理所当然是这几部电影的主角。本达是葛丽泰的情人，葛丽泰跟着他到处走，一点都不谨慎，这件事是众所周知的。实际上，本达从来都没有谈论过这些事情。他对这些事情持鄙视的态度，既以高傲的架子和风度示之，又玩世不恭到让戈德堡医生不寒而栗。医生绝望地对自己说，不，没有人能把本达的私生活摸得一清二楚。这铁定是一宗谋杀案，但案子应该由警察局来调查。

戈德堡医生当然不知道警察局正在采取的行动。他一直等待着警察局的消息，心情变得越来越沮丧。本达已失踪了整整一个月，现在人们谈起他时都开始使用过去时态。

一天晚上，戈德堡医生偶然遇到老演员莱布杜斯卡。在他们东扯西拉的时候，很自然地提到了本达的名字。老莱布杜斯卡说："哎呀，他的确是个好演员。我记得他当时大概二十五岁，在易卜生《群鬼》那部剧中饰演奥斯瓦尔德，他演得真是太棒了。啊，医学院的学生过去常去剧院观摩学习麻痹的症状！后来他出演了《李尔王》。嗯，我不能告诉你他演得怎么样，因为那时候我一直盯着他的双手。他的手就像八十岁老头的手，骨瘦如柴，皱皱巴巴，看起来真是可怜。直到今天我都不知道他是怎么做到的。我本人对化妆略知一二，但是在这方面，别人都比本达差远了。一个演员居然能把演艺工作做到这个份上。”

听到一位演员同行这样说起本达，戈德堡医生喜忧参半。

莱布杜斯卡叹息道：“他对待表演很认真，确实很认真。有一次他威胁了戏装师。他大喊道，如果你在我的外套上用这么劣质的花边，那我就辞演国王这个角色！他不允许别人用粗制滥造的东西搪塞自己。啊，当他准备出演奥塞罗时，他跑遍了所有的老古玩店，你相信吗，他找到了一枚文艺复兴时期的戒指，在出演奥塞罗的时候他就戴着这枚戒指。他说如果他身上有这样的东西，就能演得更好。你都不能说他是在表演，他简直就是奥塞罗的化身。”

莱布杜斯卡说得吞吞吐吐，不知道自己是否措辞得当。莱布杜斯卡沉思道：“在幕间休息的时候，他就像一头脾气暴躁的熊，他会把自己关在化妆室里，这样就没有人会影响到他的情绪。他酗酒严重，损伤了神经。”他打算告辞，又说：“好了，我要去电影院了。”

那个晚上戈德堡医生闲着没事干，于是说：“我跟你一起去。”电影院上映的是一部海军题材的电影，但是戈德堡医生并没有十分关注剧情。他听老莱布杜斯卡絮絮叨叨地讲着本达的事情，眼里几乎都快涌出泪水来。

莱布杜斯卡说："他根本不是演员，而是一个魔鬼。一辈子对他而言根本不够，就是这样。他私下里是有些无赖，但是在舞台上他就是彻头彻尾的国王或流浪汉。我告诉你，他挥手的样子会让你觉得他能主宰自己的整个人生，而他的父亲只是一个到处流浪的磨刀匠。喂，你看那个遇海难的人，他在一个荒岛上，但是他的指甲修剪得整整齐齐。真是个傻瓜。你看到他脸上的假络腮胡子了吗？如果要本达来演这个角色，他会留起真正的络腮胡，还会让指缝里有些脏东西。嘿，医生，你忽然间这是怎么了？"

戈德堡医生站了起来，结结巴巴地说："不好意思，我刚才想起来我有一些事情。非常感谢你。"说完他就冲出电影院。他重复道，本达会留起真正的络腮胡，本达确实会留起真正的络腮胡！为什么我之前就没想到呢？

他钻进离他最近的那辆计程车，大声喊道："去警察局！"当他找到值夜班的警官时，便苦苦哀求这位警官看在上帝的份上立即查一查9月2日或邻近几天是否有地方发现了一具无名流浪汉的尸体。出乎意料的是，这位警官真的去查问这件事，这很可能是因为戈德堡医生把他弄烦了，而不是他对这件事真有什么热情或兴趣。此时戈德堡医生焦虑不安，他的心里冒出一种可怕的想法。

警官转过身来说："先生，9月2日早晨一位猎场看守人在克里沃克拉特的森林里发现一具尸体，死者是一个四十岁左右的无名流浪汉；9月2日在利托梅利赛附近，从易北河里打捞出一具无名男尸，死者年约三十，至少在水里泡了两个星期；9月10日，一位年约六十的不知名男子在涅梅茨基布罗德附近自缢身亡——"

戈德堡医生气喘吁吁地问道："知道那个流浪汉的具体情况吗？"

警官盯着焦虑不安的医生说道："是谋杀。根据当地派出所的报告，他的头盖骨被钝器击碎。尸检的结果是：有酒精中毒的迹象；死因是颅脑外伤。这是照片。"警官以专家的口吻补充说："哎呀，这确实是他杀。"

照片只显示了尸体腰部以上的部位。死者身上满是虱子，穿着一件破破烂烂的棉布衬衫，衣襟也没有扣上。额头和眼睛的位置血肉模糊，露出森森白骨。只有长着粗硬胡碴的下巴和半张开的嘴才显示出这是一个人。戈德堡医生害怕地瑟瑟发抖。这会是本达吗？

他用哽咽的声音问道："他……他有没有什么特别的识别标志？"

警官浏览着一堆文件，说道："嗯，身高五尺八，头发发灰，牙齿烂得厉害。"

戈德堡医生大大松了一口气。他兴奋地说："这不是他。

很抱歉打扰您了，但是这不是他。绝对不可能是他。”

在回家的路上，他宽慰地对自己说，这绝对不可能是他。天啊，他可能还活着，也许他现在就泡在哪个夜总会里，比如奥林匹亚或布莱克·卡蒂。

那天晚上戈德堡医生又来了一场布拉格的夜生活。他去了本达过去常去的所有地方，他端着杯子喝水，目光透过金边眼镜仔细查看每一个角落，但是他没有发现本达的踪影。到了凌晨，戈德堡医生的脸色唰地一下变白了，他一边在心里大声骂自己是个傻瓜，一边匆忙向车库跑去。

那天清晨戈德堡医生去了地方警察局，他把局长从床上拽了起来。幸运的是，他曾经亲手给这位局长做过阑尾切除手术，当时他把切除下来的阑尾保存在酒精里，并作为纪念品交给局长。因为这样绝对不算浅的交情，戈德堡医生在两个小时之内便争取到挖掘尸体的指令，他来到无名流浪汉尸体挖掘现场观看，与他一起来的还有一位医官，这位医官看起来十分不悦。

医官咆哮着说：“你可以相信我的话，布拉格警察局此前询问过这个人。他不可能是本达。啊，这个人是个肮脏的无赖。”

戈德堡医生很有兴趣地问道：“他身上有虫子吗？”

医官嫌恶地说道：“我不知道。现在你不可能认得出他。见鬼去吧，他都埋在土里一整个月了。”

墓穴打开后，戈德堡医生找人要了一点白兰地，否则他不敢要掘墓的人将墓穴里那具装在麻袋里的尸体抬入停尸处。

医官对戈德堡医生吼道：“你自己去看一眼啊。”他自己则仍然站在停尸处前面抽着一支烈性方头雪茄。

过了一会儿，戈德堡医生摇摇晃晃地走近停尸处，面如死灰。他转向尸体，指着尸体的头部气喘吁吁地说：“我来看看。”然后他用镊子拉开死者的嘴唇，里面露出让人恶心的烂牙。这些黄牙残缺不全，上面还有龋齿病造成的黑斑。戈德堡低声说：“让我仔细看看。”他用镊子清除掉牙齿上黑色的一层，两颗牢固、闪亮的臼齿渐渐露了出来。但是戈德堡医生再也不能忍受了，他从停尸处跑开，双手紧紧地抱着头。

过了一会儿，面色苍白、神情忧愁的戈德堡医生回到医官身边。他轻声说：“什么烂牙啊，那只是演员为了饰演老人或流浪汉在牙齿上涂了黑色的东西。那个肮脏的无赖是一位演员。”他做了一个绝望的手势，又补充说道：“而且是一位伟大的演员。”

当天，戈德堡医生拜访了工业大亨科贝尔先生。此人高大威猛，有着高统橡皮套鞋般的下巴和支墩般厚实的身体。

戈德堡医生的目光透过厚厚的镜片死死盯着科贝尔。他说：“我来拜访你是因为演员本达。”

这位生产商将双手交叉放在脑后，说道：“噢！他又露面了吗？”

戈德堡医生说："可以这么说。我想你对此会感兴趣……不为别的，只为你即将制作或投资的那部有他参演的电影。"

这位大人物不耐烦地问道："因为什么电影？我对此一无所知。"

戈德堡医生执拗地说："我是指那部本达要出演一个流浪汉的电影，你的妻子是女主角。"医生又诚恳地补充说："事实上，制作这部电影是为了你的妻子。"

科贝尔先生怒吼道："这不关你的事。我猜本达跟你说了些什么。说那些还为时过早。那可能是个悬而未决的计划。本达是这么跟你说的，对吧？"

"根本不是这样！你自己严禁他向别人透露有关这部电影的事。你这是故作神秘。但是在本达在世的最后一个星期，他留起了络腮胡，为的是让自己看起来像个流浪汉。他总是像这样在细节方面做到极致，难道不是吗？"

这位工厂老板厉声说："我不知道。你还有什么事吗？"

"这部电影原本打算在9月2日开拍，不是吗？第一个场景是黎明时分克里沃克拉特的森林。在晨雾中，躺在林中空地边上的流浪汉醒了过来，把破衣服上的树叶和松果抖落掉。我都可以想象出本达会如何表演。我可以肯定他会穿上他能找到的最破的衣服和鞋子。他阁楼上的一只箱子里塞满了这些东西。所以在他……失踪以后，他的日用织品和衣物全都留在家里——天啊，没人想到这一点。可以料想得到，他穿着袖子磨破的衣服，腰间绑着一根绳子，把自己装扮得就像一个真正的流浪汉。他对装扮的要求极高，这是他的兴趣。”

这位大人物伸长脖子问道：“然后呢？虽然我不太明白你为什么要告诉我这些。”

戈德堡医生倔强地继续说道：“因为在9月2日凌晨三点左右你去接他。你极有可能用的是租来的车，而且肯定是一辆轿车。我猜想开车的人是你的兄弟，他是个运动健将，而且嘴巴很紧。因为你之前已经跟本达约好了，所以你没有上楼，只是在楼下按了喇叭。过了一会儿你就见到了本达，或者说见到了一个满脸胡子碴的肮脏流浪汉。你对他说，快点，拍摄人员已经提前过去了。然后你就开车去了克里沃克拉特的森林。”

坐在暗处的这个男人讽刺地说：“看来你并不知道车牌号。”

戈德堡医生清晰地说：“如果我知道车牌号，在这之前我就让警察局抓你了。破晓时你在现场，那是一块林中空地，确切地说是边上有一排老橡树的林中空地，作为背景十分漂亮。我猜想你的那位兄弟把车停在公路上，假装在修理引擎。你把本达带到了离公路四百步远的地方，然后你对他说：哦，就是这里。本达脑中突然闪过一个念头，对你说：拍摄人员在哪呢？就在那一瞬间你给了他第一击。”

坐在暗处的男人问道：“我用什么敲他？”

戈德堡医生说：“你用的是铅制的护身棒，因为要敲本达的头，扳手太轻，而且你想把他的头骨敲烂，这样别人就认不出他了。接连猛击他几下之后，你回到车上。你的兄弟问你完事了没有，但是你可能一言不发，毕竟杀人不是一件小事情。”

坐在暗处的男人吼叫道：“你疯了吧！”

“不，我没疯，我只是帮你回忆回忆事情的经过。因为本达与你的妻子有丑闻，所以你想除掉他。你的妻子对这场婚外情可一点也没有藏着掖着——”

坐在扶手椅上的男人咆哮道：“你这个龌龊的犹太人，你好大的胆子——”

戈德堡医生扶了扶眼镜，脸上的表情更加严肃。他说：“我可不怕你。就算你把你所有的财产都奉上，也贿赂不了我。你能把我怎么样？你可以拒绝让我给你做阑尾摘除手术，但是我可不建议你这么做。”

坐在暗处的男人突然轻声笑了起来。他用愉快的口吻说：“听着，伙计，刚才你叽里呱啦对我说了一通，这其中哪怕有十分之一你能证实，你也不会来找我了，你会去警察局，难道不是吗？”

戈德堡医生悲伤地说：“没错。刚才我说的哪怕我能证实十分之一，我就不会来这里了。我并没指望我说的这些得到证实，我甚至不想证实那个肮脏的流浪汉就是本达。这就是我来这里的原因。”

坐在扶手椅上的男人把手伸向呼叫铃，厉声说：“你是来威胁我的，是吗？”

“不，我是来吓唬你的。你的良心不可能好，你这是为富不仁。但是肯定会有别人发现你做的这件卑鄙事，肯定会有人知道你是凶手，你的兄弟是凶手，你们两个大资本家杀害了演员本达，那个磨刀匠的儿子。这会让你在有生之年无法再高傲、平静下去。只要还活在世上，你们两个人的内心就得不到安宁。我要等着看你们被吊上绞刑架，但是有生之年至少我可以做到一件事，那就是来烦你们。本达是个混蛋。我比其他人都了解本达，知道他有多么坏，多么狂妄自负，多么愤世嫉俗，多么放肆无礼。但是他是一名艺术家。就算用尽你所有的钱财也弥补不了这位演员逝去的遗憾；就算用尽你所有的钱财，你也永远做不到像他那样神气活现地挥手，做不到像他扮演的人物那般伟大。”戈德堡医生绝望地挥舞着双手，“你怎么能这样做？你的内心永远不会得到安宁，我不会让你忘记这件事。只要你还活着，我就会不断提醒你：请记住演员本达。我告诉你，他是一位真正的艺术家。”

被盗的文件

凌晨三点，驻防中心的电话突然铃声大作。

“我是总参谋部的汉普尔上校。立马派两名宪兵到我这里来。通告弗尔扎尔中校一声，他在情报处。是的，当然，这和你没有关系，告诉他立马过来。是的，就是现在。是的，坐车过来。看在上帝的份上，动作利索点！”

说话的人挂断了电话。

一个小时后弗尔扎尔中校来了。他是从郊区赶来的，距这里有很长一段路程。接待他的是一位穿着便衣（确切地说是穿着衬衫和长裤）、神情焦急的中年男子。

“我说，我现在混乱极了。快坐下。这件事简直糟糕透顶、可恶至极。我告诉你，我马上就要面对可怕的窘境。事情是这样的：前天总参谋长给我几份文件并跟我说：汉普尔，你最好在家里研究这些文件。知道这些文件的人越少越好。在办公场所不得声张。行了，你可以走了，休几天假，在家里做这个工作。但你得知道随机应变。就这样吧。”

弗尔扎尔中校问：“是什么文件？”

汉普尔上校迟疑了一会儿。

他说：“嗯，实际上这些文件是C计划里的一部分。”

“啊！”弗尔扎尔中校应了一声，表情开始变得十分严肃，“继续说。”

上校垂头丧气，说道：“你看看这里。昨天我一整天都在看这些文件。但是到了晚上我开始思索为什么要我来负责这么一件破事。我没把文件放到抽屉里。我也没有保险箱。如果有人知道这些文件在我手上，那可就玩儿完了。第一天晚上我把文件塞到我的床垫下面，到了早上一看，皱得不成样子，就像被大象踩过一样。”

弗尔扎尔中校说：“我就知道会是这样。”

上校叹了一口气：“这么做是不行。我妻子甚至比我胆子还大。第二天晚上她跟我说应该把文件放到通心粉罐子里，然后把罐子在食品储藏室里放一晚上。她说她晚上会把食品储藏室锁上并把钥匙收好。我家那个女佣巨肥无比，成天都在打瞌睡。我妻子说没人会去食品储藏室里找那个通心粉罐子的。好吧，我当时认为这是个好主意。”

弗尔扎尔中校打断他说：“你家的食品储藏室装的是双扇窗还是单扇窗？”

上校咆哮起来：“该死的，我从来没想过这个问题。食品储藏室装的是单扇窗。我完全不记得去检查那些窗户。真他妈见鬼！”

中校催促道：“你继续说吧。”

上校叹了一口气，说：“我要说的很简单。凌晨两点，我妻子听到女佣玛丽在楼下尖叫，她去看是怎么回事。玛丽呼喊道：食品储藏室里有贼。我妻子赶紧跑去拿钥匙并招呼我，我带着一把手枪冲进了食品储藏室。他妈的真是见鬼了！食品储藏室的窗户被撬棍还是什么东西给撬开了，装着文件的铁罐不见了。贼也溜走了。真是命里有此一劫。”

弗尔扎尔中校用手指敲打着桌子。

“有人知道你把这些文件带回家了吗？”

上校很是郁闷，耸了耸肩。

“我不清楚。我那些间谍同僚们能找到任何东西，这群卑鄙的窃贼。”说完这句话他立马记起弗尔扎尔中校是干什么工作的，表情显得有些狼狈。他纠正道：“我想说的是，他们是非常聪明的家伙。”他又补充说：“我没把这事告诉别人，我向你发誓我真没告诉别人。但这究竟是怎么回事？不可能有人知道我把文件放到空心粉罐子里啊！”

中校不经意地问道：“你把文件放到罐子里的时候你人在哪里？”

“就在这里，在这桌子边。”

“那时候罐子在什么地方？”

上校开始回忆，“让我想想，那时候我坐在这里，罐子就在我面前。”

中校倚在桌子上，出神地望着窗外。黎明时分，空气中带着雾气，隐隐可看到对面那座以灰色和红色为主色调的住宅的轮廓。

他疲惫地问道：“谁住在那里？”

上校在桌子上砸了一拳。

“该死的，我从来没想到这一点！让我想想，是个犹太人住在那里，职业是银行经理之类的。可恶，现在我全明白了。弗尔扎尔，我觉得我们有线索了。”

中校没接这一话茬，自顾自说：“我想看看那个食品储藏室。”

“那来吧。这边，这边走。”上校一边说着，一边急切地带路，“这里就是，罐子原先放在顶上那个架子上。”然后上校吼叫道：“玛丽，你在看什么？到阁楼或地下室去。”

中校取下手套，爬到窗子上，这窗子非常高。

“是用凿子撬开的。”他一边说一边检查着窗户，“窗框是软木做的，随便找个男生都能把它劈开。”

上校吃了一惊，说道：“该死的！这些人真该死，做这样的烂窗户是什么意思？”

从窗户的栅栏望出去，有两名士兵在当值。

弗尔扎尔中校问道：“这是宪兵吗？……是的。我要到外面去看看。顺便说一句，如果我是你，就会一直待在家里，直到接到新的命令。”

上校认同道：“噢，那是当然。不过在家待着干吗呢？”

“接下来——这两名士兵当然要待在这里。”

上校用鼻子哼了一声，吞下一大口饮料。

“我知道了。你不想来点咖啡吗？我妻子会给你送来。”

中校说：“现在没时间喝咖啡。当然，文件被盗这件事你不要再对任何人提起，除非……除非上头命令你这么做。还有一件事：跟那个女佣说，窃贼只偷了一些果酱。”

上校觉得有点失望，他大声说：“我说，你要去找那些文件，不是吗？”

中校说：“我是准备去找。”他以标准的姿势并拢脚跟，向上校行礼告辞。

汉普尔上校整个早上都在家里痛苦地走来走去。有时候他脑海里浮现出两名军官来逮捕他的画面，有时候他又猜想弗尔扎尔的进展情况，以及想象如何调整这个庞大而隐秘的军事情报服务机构。他在心里把总参谋部描画得恐怖不堪，他甚至因恐惧而呻吟了起来。

“卡洛斯。”他的妻子叫了二十次他的名字（为了安全起见，她预先把他的左轮手枪藏在女佣的皮箱里）。“你不想吃点东西吗？”

上校咆哮道：“看在上帝的份上，让我一个人待着！我真希望是对面的那个犹太人算计了我。”

他的妻子叹了一口气，然后去厨房痛哭了一场。

这时候门铃响了。上校站了起来，定了定神。如果真有军官来逮捕他，他会表现得像个真正的战士。（他分散了一下注意力，在想来的人可能是谁。）但是来的并不是军官，而是一个有着淡棕色头发的小个子男人，他手上拿着一顶低圆顶软毡帽，露出松鼠般的牙齿。

“恕我冒昧，先生。我的名字叫皮斯托拉，是本地警察局的。”

上校语速很快地问道：“有何贵干？”不经意间，他原本紧绷的神经松弛了下来。

皮斯托拉先生说：“听说您家的食品储藏室被盗了，所以我来看看。”他露齿而笑，显得有些神秘。

上校吼道：“你是怎么知道的？”

皮斯托拉先生微笑着说：“不好意思，先生。但这里是我的巡逻区域，不是吗？您家的女佣今天早上告诉面包店的人说您家的食品储藏室被盗了，于是我就对巡官说我要来这里走一趟，明白了吗？”

上校很反感，粗声大气地说：“这事不值得你费心。盗贼只偷了——呃——一罐通心粉。这事儿就这么过去了。”

皮斯托拉先生说：“这真有意思，他们竟然只偷了那么点东西。”

上校不耐烦地说：“是很有意思，不过你不必追究此事了。”

皮斯托拉先生灵光乍现，说：“我猜是有人中途发现他们了吧。”

上校觉得崩溃。“就这样吧，再见。”

皮斯托拉先生脸上的笑容带着狐疑，他说：“请原谅，先生。我还是得看看那间食品储藏室。”

上校本来想下逐客令，但他忍住了。

“随你吧。”他语气不悦，带着这个小个子男人去了食品储藏室。

皮斯托拉先生颇有兴味地四处打量这个狭小的房间。

他满意地说：“噢，没错，窗户是用凿子撬开的。这十有八九是派派克或安德里克干的。”

上校尖声问：“你说什么？”

“这就是派派克或安德里克的手笔。但是派派克正在服刑。如果只是把窗户玻璃卸掉，就有可能是东德、洛伊沙、诺瓦克、霍西斯卡或克里门特干的。这个案子只能是安德里克干的。”

上校嘟哝道：“你好像说得很有把握。”

皮斯托拉先生突然严肃起来：“你认为还有别人会偷食品储藏室吗？我觉得不太可能。麦托也会用凿子撬窗户，但他从来不理会食品储藏室，先生，他不会这么干。他会通过盥洗室进入屋子，而且他只偷亚麻布品。”说到这儿时皮斯托拉先生露出了他松鼠般的牙齿。“我想我得去会会安德里克了。”

“替我向他问好。”上校气得冒烟。他再度陷入沉思，觉得皮斯托拉的结论无法采信。警局的人真是彻头彻尾的蠢货。他们哪怕提取一下指纹或观察一下脚印也好，这样才说得过去，才算得上靠谱。他们的处理方法如此愚蠢，怎么能指望这些人去对付国际间谍？此时上校只想知道弗尔扎尔的调查进展得怎样了。

上校无法摆脱想给弗尔扎尔中校打电话的想法。经过半个小时的挣扎，他终于联系上了弗尔扎尔中校。他语调温和地说：“喂，我是汉普尔。我说，你进展得怎么样了——我知道你不能说，但是我只是——我知道，但是我只要你告诉我是否——天啊！什么都没查到？——我知道这事很棘手，但是——我说，弗尔扎尔，稍等一下。我想我可以自掏腰包奖励破案人员十万克朗。我只能想到这么做，但是你知道这对我来说意味着什么，如果——是的，我知道，但是十分隐秘——嗯，是的，这只是我的私事，不能当作公事处理，否则许多侦探都会参与进来。是吗？噢，当然，你要装作不知道，但是你要给那些家伙放点风，让他们知道汉普尔上校悬赏十万克朗。好的，你的士官可以去办。老朋友，你可得盯着点。麻烦你了。非常感谢。”

提出这个慷慨的悬赏计划让汉普尔上校稍微放松了一点。他觉得现在自己至少也为追查那个卑鄙无耻的间谍尽了点力。极度的精神紧张令他疲惫不堪，他躺在沙发上，想象着有一百个、两百个、三百个人（这些人和皮斯托拉先生是一个模子里刻出来的，都长着淡棕色头发和松鼠般的牙齿）在搜查火车，拦截朝边境方向行驶的车辆，埋伏在街角等待目标出现，并且突然出现这样一个场景，有声音在说：“以法律的名义，跟我走，保持沉默。”后来他梦到自己在参加军校的弹道学考试，他大声叫了起来，醒来时满身是汗。这时候门铃响了。

汉普尔上校跳了起来，努力理清自己的思绪。打开门映入眼帘的是皮斯托拉先生的松鼠牙。

这位松鼠牙先生说：“嘿，我又来了。这件事就是他干的，先生。”

“是谁？”上校抛出疑问，自己也努力揣测着。

“当然是安德里克啦。”皮斯托拉先生的表情一下子变了，嘴唇把松鼠牙都藏了起来，“这事还能有谁干得出来？派派克正在服刑，不是吗？”

上校恼火地咆哮道：“你怎么老是跟我提安德里克这家

伙？”

皮斯托拉先生那小而亮的眼睛瞪了起来。

他强调说：“是他偷了您家食品储藏室里的通心粉。他已经被羁押在警察局了。恕我冒昧，先生，我来只是想问您——您看啊，现在安德里克说罐子里没有通心粉，只有一些文件。我在想他说的到底是不是真的。”

上校听了紧张得透不过气来，他惊叫道：“那这些文件现在在哪里？”

“在我口袋里。”皮斯托拉先生的松鼠牙又露了出来。他翻着他的羊驼毛夹克，“在哪呢——？找到了。这是您的吗？”

上校一把将已经弄皱了的珍贵文件从皮斯托拉先生手中抓了过来。他的一颗心终于放下了，眼里涌出了泪水。他轻声说：“你真是个大好人，你做得太棒了。我真不知道怎么感谢你才好。”他突然叫了起来：“天啊，请这边移步。你是案件的负责人，嗯，叫什么巡官来着——”

“皮斯托拉巡警”。这个小个子男人说话时露出的牙齿仿佛都有了表情，显得那么心满意足。

上校欣喜若狂地说：“被盗的文件已经被你找到了。来吧，亲爱的，把杯子和白兰地拿来。皮斯托拉先生，我想——但我真的不知道——我想说的是——来吧，皮斯托拉先生，喝酒喝酒！”

皮斯托拉先生露齿一笑，说道：“哎呀，这没什么。这酒很烈啊，先生。噢，天啊，那个罐子还留在警察局。”

上校乐呵呵地叫喊道：“管他妈的罐子呢！我亲爱的皮斯托拉先生，你能这么快就找到那些文件真是太神了。我敬你一杯，皮斯托拉先生。”

皮斯托拉先生恭敬地说：“我也敬您，先生。好啊，这下没事了。只要有食品储藏室被盗，我们就会追踪安德里克或派派克，但是派派克现在有两个月的刑期。如果是从顶楼进去的，我们就会追踪皮斯基、托德拉、康那、西马和霍斯卡。”

上校惊异地说：“天啊，真没想到！如果这是一宗间谍案，情况会是怎样？这一杯祝你身体健康，皮斯托拉先生。”

“也祝您身体健康，先生。我们不负责间谍案。但是如果是黄铜钩被盗了，那就是赛耐克或平库斯干的，如果是铜线被盗了，只需追踪一个家伙，那就是图赛克。如果是铅管被盗了，那肯定是汉诺赛克、布胡塔或斯莱辛格干的。先生，我们对这些事可是了如指掌。全国的保险箱盗窃者我们都锁定了。一共有——嗝（打嗝声）——一共有二十七个，但是其中有六个已经进了监狱。”

上校同仇敌忾地说：“他们是罪有应得。皮斯托拉先生，喝酒。”

皮斯托拉先生说：“真是非常感谢您，先生。但是我酒量不好。好吧，这一杯我敬您，先生。他们——嗝——他们只是小毛贼，不是您说的特工，先生。他们每个人都只会一种雕虫小技，在再次落到我们手里之前他们会故技重施。比如安德里克那个家伙，他一见到我就说起食品储藏室的事。他说，皮斯托拉先生，这回真不划算，我只在那个罐子里找到一些文件。我偷东西前真应该看看。我对他说：‘跟我来吧，为这事你起码要坐一年牢，你这个蠢蛋。’”

汉普尔上校同情地说：“要坐一年牢啊。是不是长了点？”

皮斯托拉先生露出牙齿说：“盗窃罪就是这么判的，先生。好了，非常感谢您，先生。我现在要去一家店铺走一走。这个案子不是克莱茨卡做的，就是鲁多尔做的。如果您有事就去警察局找我。您只要报上皮斯托拉的名字就行。”

上校说：“顺便说一句，如果你——嗯——这件小事——我的意思是，那些文件没什么特别的，但是——它们丢了我也很着急，你明白我的意思吧？嗯，你就当这是你工作的酬劳吧。”他说得匆匆忙忙，并把一张五十克朗的钞票塞到皮斯托拉先生的手里。

皮斯托拉先生变得异常严肃，他的内心既惊讶又激动。他快速将钞票揣进口袋，说：“您不必这么做。这没有什么。好了，非常感谢您，先生。愿意为您效劳——”

事后汉普尔上校对他的妻子说：“我给了他五十克朗。打发这样的蠢货，给二十克朗就足够了，但是——”上校慷慨地挥了挥手，说：“他找到了那些该死的文件。”

透视者

雅诺维茨先生说："你知道的，克拉普卡博士，想骗我不是那么容易。我可是个犹太人，这可不是盖的。但是那个家伙远在我之上。这不是你说的笔迹学，而是——嗯，我也不知道是什么。现在让我来告诉你：你把一份手稿放在没封口的信封里交给他，他连看都不看一眼，只是把手指伸进信封里触摸纸上的字迹。他的嘴巴有些抽搐，像是有东西弄痛了他，过了一会儿，他就能告诉你写信人的特征——这是真的，每一个细节他都说得没错，你会为此而震惊。噢，我曾经交给他一封老韦恩贝乐格尔写的信，信装在信封里，他把这个老伙计的情况摸得一清二楚，他甚至知道韦恩贝乐格尔有糖尿病，而且就要破产了。你对此有什么看法？”

克拉普卡博士（他是检察官）冷淡地说：“这没什么。他有可能认识老韦恩贝乐格尔。”

雅诺维茨先生激动地反驳道：“但是他甚至一眼都没看那封信。他说不同的笔迹有不同的流动性，可以通过触觉非常精确地识别。他说这是纯物理，就像无线电。反正这不是骗局。卡拉达是贵族，他做这些事不是为了钱。一个俄国人告诉我，他出身于巴库一个非常古老的家族。你可以不把我的话当真，但你应该亲眼去看看。他今晚会到我这里来。你一定要来。”

检察官说：“我说雅诺维茨先生，听起来确实无懈可击，但是这事牵涉到外国人，而且我不知道他们靠什么谋生，所以我只能半信半疑。如果牵涉到俄国人，我更不会信了，这些招摇撞骗的家伙最不可信。但是更重要的是，这个人是贵族，他说的话我一个字都不会信。你说他是在哪里学到这一招的？哦，对了，是在波斯。说实在的，雅诺维茨先生，你不能指望我相信这些。东方的那些奇闻怪谈都是胡说八道。”

雅诺维茨先生抗议道：“但是这个年轻人的解释完全是具备科学性的。这里面没有魔法，也没有神秘力量。他的方法确确实实是合乎科学的，你一定信我这句话。”

检察官斥责道：“那是个更大的骗局。你让我感到很惊讶，雅诺维茨先生。你没用任何绝对科学的方法这辈子也过来了，现在你居然让所谓绝对科学的方法给诓了。真是见鬼了！如果真有这种方法，那很早以前就应该听说过了，不是吗？”

雅诺维茨先生非常犹豫地说：“噢，我不知道。但是他把老韦恩贝乐格尔的情况摸得一清二楚，这是我亲眼所见的。我跟你说，这简直太神了！现在你就去亲眼看看。如果是骗局，你肯定能够看穿。这是你的工作。没有人能骗得过你。”

检察官谦虚地说：“哪里哪里。好吧，那我就去吧，雅诺维茨先生，只有这样我才能真真切切看到你说的奇观。这里的人怎么那么容易上当受骗，真是糟糕。但是你不能告诉他我是谁。你等着，我会把手稿装在信封里让他读，这一定会让他觉得很棘手。我敢打包票，我会证明他是个骗子。”

雨果·穆勒故意杀人案即将审判，你一定知道克拉普卡博士是这个案件的检察官。雨果·穆勒先生是一名百万富商，有人控告他在给自己的弟弟奥托投了巨额保险后使其在池塘中溺亡。此外还怀疑他在几年前杀害了他的一名情妇，不过还没有被证实。这是克拉普卡检察官极为重视的一场重要的审判，他调动了自己所有的热情和洞察力来研究案件的相关文件，正是这样的热情和洞察力使他成为最令人敬畏的检察官。这宗案子调查起来并非一帆风顺，克拉普卡检察官原本可以得到案件的直接证据，不过照现在的情形看，他只有靠自己如簧般的巧舌来说服陪审团裁定穆勒先生有罪。你一定认为这场审判关系到检察官的荣誉。

那个晚上雅诺维茨先生表现得有些焦虑不安，他用低沉的声调介绍说：“这位是贵族卡拉达，这位是克拉普卡博士。我们可以开始了吗？”

检察官以探寻的目光盯着这个外国人。他是一个瘦长的年轻人，戴着一副眼镜，面庞看起来像西藏僧侣，双手灵活得像扒手。检察官在心里认定这人是个骗子。

雅诺维茨先生结结巴巴地说：“卡拉达先生，请来桌子这边。矿泉水已经送来了。把桌灯打开吧。我们会把吊灯关掉，这样就不会妨碍到你。就这样。现在，先生们，请安静。先生——嗯——克拉普卡先生将呈上一份手稿。也许卡拉达先生并不会介意——”

检察官咳了一声，找了一个最有利于观察这位透视者的位子坐了下来。他从胸前口袋里掏出一个没有密封的信封，说：“这是手稿。让我来帮你。”

这位透视者不耐烦地说：“谢谢。”他拿起信封，闭上双眼，并用手指将信封翻了个面。“奇怪。”他嘀咕了一声，然后喝了一大口水。他将纤瘦的手指伸入信封，继而发起抖来，他那灰黄的脸变得更没有血色。

房间里太安静了，都能听到雅诺维茨先生的喘息声，他患有大脖子病。

贵族卡拉达薄薄的嘴唇颤抖、扭曲着，仿佛他手指捏着的是烧红的铁块，汗水从他的前额滴落下来。他紧张地说：“我受不了了。”他把手指从信封中抽了出来并用手帕擦了擦，然后用手指摩挲着桌布，就像在磨刀。随后他又呷了一口水，小心翼翼地用手指夹着信封。

他开始没精打采地说：“这个人写的是——这个人写的是——这显示了强大的力量，但是这种力量——”（此时他停顿下来明显是在想一个合适的词）——“在监视着，其监视的方式很可怕。”他如此说着，将信封扔到桌子上。“我不想与那个人为敌。”

检察官不禁问道：“为什么？他有什么不妥吗？”

透视者说：“不要问我，每个问题都有一个暗示。我只知道他做什么事都不犹豫，好事、坏事都做。这份手稿显示出强大的意念，显示出对成功、对金钱的渴望。这个人不会让别人挡他的路。不，他不是普通的罪犯，这个暴徒不是罪犯，这个暴徒是生灵的主宰。这个人不会干卑鄙的事，但是他认为他主宰着人们的命运。只要他要人的命，就会把人当作是猎物。然后他会杀掉他们。”

检察官明显很赞同这个说法，他低声说道：“超越了善恶。”

贵族卡拉达说：“这只是个传说。没有人可以超越善恶。这个人有他自己清晰的道德观念。他不欠债、不偷盗、不说谎；如果他杀人，那就像是下象棋时将死对手。这就是他的游戏，不过他玩得很好。”透视者费力地皱起额头，“我不知道这是什么。我看到一个大池塘里有一艘摩托艇。”

检察官大气也不敢出，继续问道：“还有呢？”

“别的我就看不到了，很模糊。与他想获得猎物的那种残酷、无情的意志相比，这真是异常的模糊。但是里面没有感情，只有理智，是绝对理性的思考。就像做算术题或解决技术问题。不，这个人从来不会自责。他太自信，太肯定自己；他不害怕良心谴责。我感觉他是一个睥睨一切的人；他极度自负又自满；看到别人怕他，他很高兴。”透视者喝了一口水，继续说：“但是他也是个骗子。实际上他是一个装腔作势的机会主义者。他渴望用自己的行动震惊世界。其他的我就不知道了。我累了。我不喜欢他。”

检察官兴奋地说：“我说，雅诺维茨，你说的这个透视者还真是个奇才。他的描述太精确了。那是一个强悍、无情的人，把人们当作猎物；他知道游戏里的每一个花招；他是个聪明人，完全靠脑子来做事，而这些事他早就计划好了；他很守信用，但也是个大骗子。我跟你说，雅诺维茨，卡拉达那家伙真是把他看得透透的。”

雅诺维茨先生高兴地说：“是啊，我不是早就跟你说过了吗？这封信是施克利芬公司的施克利芬写的，是吧？”

检察官叫了起来：“天啊，不是的！这是一个凶手写的信。”

雅诺维茨先生茫然不解。“你没这么跟我说啊。我以为是那个纺织品公司的施克利芬写的。施克利芬可是个彻头彻尾的骗子。”

“不是的，这封信是雨果·穆勒写的，他杀害了他的弟弟。你有没有留意那个透视者是怎么说池塘里的摩托艇的？穆勒就是把他的弟弟从摩托艇里扔到水里去了。”

雅诺维茨先生惊讶地说：“你没告诉我啊！现在想来，他一定有什么异常的地方。”

检察官认同地说：“十有八九是这样。他说中了穆勒的性格和行为动机，这真是太不可思议了，雅诺维茨先生。我自己尚且不知道有关穆勒的如此精确的细节。而这个透视者只是用手指摸一摸穆勒信中的几行字就知道了这么多。雅诺维茨先生，这里面一定有什么。人们的笔迹里一定有某种特殊的流动性或其他什么东西。”

雅诺维茨先生沾沾自喜地说：“我不早就跟你说过了吗？说起来我还从来没有看过凶手写的字。不知你是否介意——”

“请看吧。”检察官从自己的口袋里掏出信封。“实际上，这是一封挺有意思的信。”他一边说着，一边将信从信封里抽出来。但是突然间他变了脸色，心神不安地冲口说出：“噢，雅诺维茨先生，不好意思，但是——你看，这封信是案子的文件，我——我不能给你看。我希望你不要介意。”

过了一会儿，检察官就急急忙忙往家里赶，他甚至都没注意到正在下雨。他怨恨地对自己说：“我真是个白痴，真是个蠢货，这样的事情怎么会发生在我身上？我是有多傻啊！匆忙间我一定是将文件夹中我自己写的案件记录错当成穆勒的信放进了信封里。我真是个蠢货！那是我的笔迹啊！哎呀，干得好啊！你这个骗子，你给我等着！我不会放过你的。”

但是检察官最终还是开始安慰自己。他对自己说：“情况总体上还不算太坏。说我能量巨大，意志力超强，不会干卑鄙的事，有自己的道德观念，这些完全都是恭维之辞。我从来不会自责吗？噢，谢天谢地，我根本不必自责。我是在尽我的职责。那人说我完全靠脑子办事，这也的确没错。但是这么说来他对那个凶手的判断就有误了。得了，这就是一场骗局。”

他突然踌躇起来。他对自己说：“唉，那个透视者对我们说的话对谁都适用。这只是泛泛而谈。每个人都有欺骗或投机的时候。这里面的花招原来是这样：说这样一番放之四海而皆准的话让每个人认识自己。”检察官认定了就是这么回事。他撑开伞，继续迈着平稳有力的步伐走在回家的路上。

法庭庭长脱下制服，哀叹道：“天啊！已经七点钟了。这些案子真够拖拖拉拉的！那个检察官不歇气地讲了两个小时——但我不得不说，他干得不错。在证据如此不充分的情况下让法庭裁定嫌疑人有罪，你可能会说干得太巧妙了。而且面对的还是你永远无法揣摩透的陪审团。他的讲话实在是太精彩了。”庭长一边洗手一边说：“尤其是他描述穆勒性格的那一段——那简直就是完美的素描。在他详述凶手畸形而冷酷的性格时，那效果足以让人战栗。你记得吗？他说：‘他不是普通的罪犯；他不会干卑鄙的事，不会说谎或偷盗；但是如果他杀人，他下手时会很镇静，就像是下象棋时将死对手。他杀人不是感情用事，而是经过了冷静且理性的思考，就像是在做算术题或解决技术问题。’你知道吗？这些话说得真是合情合理。他还说：‘一旦他要人的命，就会把人看作是猎物。’你知道吗？虽然他有关暴徒的说法有些夸张，但是陪审团很买账。”

助理审判员补充说：“他后来说的话也很精彩。他说：‘这个凶手一定从来不会自责；他太自满，太肯定自己——他根本不怕良心的谴责’。”

庭长用毛巾擦了擦手，接着说：“然后他又做出一个巧妙的心理学推理，认为凶手是一个装腔作势的骗子，一个渴望用自己的行动震惊世界的人。”

助理审判员认同道：“噢，没错。克拉普卡就是个很难反驳的危险人物。”

庭长大声说：“想想看，陪审团一致裁定雨果·穆勒有罪！谁会想到出现这样的结果！但克拉普卡就是做到了。他把这看成一盘棋局或一场狩猎。他就是如此对待他接手的每一个案子。我告诉你，我可不想与他为敌。”

助理审判员说：“是啊，别人怕他，他肯定觉得心满意足。”

这位可敬的庭长若有所思地说：“他有点自满，不过他有超强的意志力，他只是渴望成功。他有强大的力量，但是——”庭长一时找不到合适的字眼，便说：“得了，走吧，去吃点东西。”

笔迹的秘密

笔相家彦森。今晚他将为新闻界的代表们带来一场表演。他应该是本世纪的奇迹之一。你到那儿以后，给我写一个简短的报道。”

“好的。”鲁布纳咕哝了一声，跟所有听差跑腿的人一样，他答应得不情不愿。

编辑又强调说：“你把眼睛放亮点，小心有诈。如果有可能，你要亲自检查他的结果。这就是我为什么要派一个像你这样有经验的人去的原因。”

当天晚上，笔相家彦森当着新闻界代表的面如此总结他的理论阐述：“……就是这样，先生们，这是主要的科学原理，说得更精确一点是笔迹心理学原理。正如你们所见，整个系统建立在纯粹的实验法则之上；但是，不可否认的是，这些方法在实际运用中会相当复杂，在这次演讲中，我不能详尽地说明。此次我只想分析两三个笔迹样本，但不对整个过程做理论性的解释；遗憾的是今天的时间不够。在场有没有哪位先生愿意给我提供一份手稿？”

鲁布纳等的就是此刻，他立马交给彦森一张写满字的纸。彦森戴上一副眼镜，开始观察这份手稿。

他得意地笑道：“啊哈，这是女人写的字。男人的笔迹通常更富有表现力，也更有意思，不过没关系——”他专注地盯着那张纸，嘴里喃喃自语。“嗯，嗯。”他不时这样说上几句，还摇头晃脑。此刻现场一片寂静。

这位笔相家突然问道：“我是否可以问这份手稿是……是与你关系很密切的人写的吗？”

鲁布纳立马否定道：“不，不是的。”

彦森说：“那更好。不错，这位女士会说谎。这是这份笔迹给人的第一印象；她说谎是受习惯的驱使。她把说谎当成理所当然的事。而且她的智力水平也相当低；受过良好教育的人跟她不会有什么共同语言。她极度耽于肉欲；她的字写得很大。她邋遢透顶，她的周围是个什么样子——哇，实在无法用言语来形容！刚才我跟你们说的是她的主要特征。一个人最容易被发现的是他的习惯，也就是能从外在诠释他的那些特征，事实上，这种诠释方式是纯机械性的。真正的心理分析首先要研究这个人克制或抑制的那些特征，因为如果不这样做他就会在周围的人面前露出马脚。”他把手指放在自己的鼻尖上，接着说道：“现在来举一个例子。写这些字的人不太可能向别人承认她自己的真实想法。她是个肤浅的人，但是说她肤浅有两层意思：她表现得很肤浅，有许多庸俗的兴趣爱好，但是她这样只是为了掩饰她的真实想法；这个隐藏的自我是异常平庸的。我想称之为堕落，这种堕落是精神怠惰所致。举例来说，看看这里，这个笔迹真是淫荡到家了，这也是奢侈的表现，同时这些字体也非常大；这个人太贪图享受，绝对不会出去冒险；当然，如果机会出现在她面前就另当别论了，我们也不关心这个问题。她极其懒散，而且还是个话痨。她在做什么事情的时候会讲个不停，直到别人都厌烦听到她的声音。她太把自己当回事，显然她眼里根本没有别人。她只有为了自己的安逸才会牢牢抓住一个人，并试图让那个人相信她非常爱他，非常担心他。她就是那种会把男人变得优柔寡断的女人。她的喋喋不休让人觉得绝望无助，因此男人就这样在彻底的厌倦中变得优柔寡断。瞧瞧她每个词是怎样起笔的，尤其是句子开头的起笔方式。这都显得非常浮夸和浅薄。好女人想当家做主，她也想。但是她力不从心，只是虚占着那个位置，老是横挑鼻子竖挑眼。当她想当家做主时，就会施行卑鄙的暴政——我指的是眼泪的暴政。奇怪的是，每次发作之后她又非常沮丧，显得懦弱不堪。她想控制某样东西，某样她一直害怕的东西——很有可能她非常小心地保守着什么秘密，而这个秘密可能危及她的物质享受。这个秘密一定让人非常不愉快，她把它藏得很深。嗯，我也不是很确定，也许跟她的过去有关。等到她的心理压力消失，她又有了足够的能量，或者说习惯的力量来促使她以一贯的方式结束这场摩擦。当然，最后她还是会自鸣得意地胡乱发作一通。那时候她又恢复了自信。现在我们分析了她给人的第一印象，也就是爱撒谎。先生，这同时说明详细的分析最终一定会证实最初有点凭直觉的大概印象。我把最后的印证称为系统验证。我已经说过，她智力水平不高，但这种智力水平低下与早期智力发育并无关联，而应归咎于内心不协调。这个笔迹很做作，她试图让字迹显得更好看，但实际效果不佳，她是在画蛇添足。她是对鸡毛蒜皮的琐事特别较真的一个人。她对小事是这样，但是真遇上什么重要的事情，她又变得漫不经心，完全不会自控，也不讲什么道德原则，十足是个懒妇。在她的笔迹中逗号是最有特色的地方。她写的逗号通常是向右倾斜的，但理应向左倾斜。这让人觉得很不舒服，有如芒刺在背的感觉。透过这一点能看到此人奸诈狡猾的一面。打个比方说，她能够从背后刺伤别人，但是她不会这么做，因为她性情懒散，又缺乏想象力。我想我该说的都说完了。还有人有别的更有趣的笔迹样本吗？”

那个晚上鲁布纳是黑着一张脸回到家里去的。

鲁布纳太太说："你可算回来了。你吃过饭了吗？"

鲁布纳对她怒目而视并咆哮道："你又开始了是吧？"

鲁布纳太太惊讶地扬起了眉毛。

"你这是什么意思，我又开始怎么啦？我只是问你吃过饭没有。"

鲁布纳嫌恶地说："你就是这样。当然，你唯一能谈论的事情就是吃。所有你感兴趣的东西都那么庸俗。这个样子真是堕落，这般喋喋不休，这般吵闹和迟钝——"鲁布纳叹了口气，绝望地挥了挥手，"是的，男人就是这样变得优柔寡断的。"

鲁布纳太太把正在缝补的衣物放在膝上，关切地看着他。她着急地说："弗兰斯，你是遇上什么烦心的事情了吗？"

鲁布纳刻薄地说："哎呀！你这又是在担心我了，是吗？得啦，你别以为这样可以糊弄我。噢，不，男人迟早会看穿所有这些谎言，迟早会发现有个人牢牢抓住他只是为了那个人自己的享受……而且纯粹是为了满足肉欲。呸！"鲁布纳怒吼道，"这会让任何人不寒而栗。"

鲁布纳太太摇了摇头，她本来想说些什么，但最终还是抿紧双唇，又拿起衣服快速缝补起来。两人之间一片沉默。

过了一会儿，鲁布纳严肃地扫视着四周，不满地说："这个家很好，所有东西都乱七八糟、邋邋遢遢——当然，对房屋整洁、归置得当这些小事总是瞎操心，但是一遇到什么大事——这些破衣服怎么在这里？”

鲁布纳太太屏着气说：“我在给你补衣服。”

鲁布纳冷笑着说：“什么？补衣服？看看，是在补衣服呢！当然，你要让每个人都知道，不是吗？你花了半天时间要别人知道某人在补衣服。真是大惊小怪、装腔作势！你这么做是因为你想要当家做主吧。好吧，让我告诉你，够了！”

鲁布纳太太大气也不敢出，说道：“弗兰斯，我做了什么伤害你的事了吗？”

鲁布纳厉声说：“我怎么知道？我不知道你在做些什么，也不知道你在想些什么、隐瞒些什么。我根本不了解你，一点也不了解，因为你他妈的把真正的自己藏得太好了。啊，我甚至不知道在我遇见你之前你过着怎样的生活。”

鲁布纳太太冲口而出：“看啊，就是最后一根稻草。如果你再说下去——”她极力控制自己的情绪，颤抖地说，“亲爱的，到底发生什么事了？”

鲁布纳叫道：“啊哈！看看！什么事情让你如此害怕？我想某些事情如果暴露了，你现在的舒适生活就毁了，是吗？我知道得清清楚楚。尽管女人过着很舒服的日子，还是会不时找机会搅乱平静的生活，不是吗？”

鲁布纳太太呆若木鸡，一动不动坐在那里。她拼命抑制呜咽，只是无声地哭泣，“亲爱的，你对我有什么不满，看在上帝的份上请直接讲出来吧。”

鲁布纳极尽讽刺之能事。“没有什么不满！啊，你想什么呢？我对你没有任何不满！如果一个男人的妻子完全没有条理、没有道德、爱撒谎、邋遢、庸俗、懒惰、奢侈，而且极其耽于肉欲，那也不是什么了不得的事儿。此外，这位妻子还有着极其低下的——”

鲁布纳太太放声大哭。她站了起来，要缝补的衣服滑落在地板上。

鲁布纳轻蔑地叫嚷道：“得啦！这是最卑鄙的暴政——眼泪的暴政。”

鲁布纳太太哭得抽抽噎噎，她再也不愿往下听，冲进了卧室。

鲁布纳呵呵笑着，声音很空洞。他站在卧室门口，把头探了进去并叫嚷道：“你可以从背后刺伤别人，但是你甚至连这也懒得做，因为你太贪图享受。”

次日晚上，鲁布纳走进他特别喜欢的一家餐馆。普莱切卡先生对鲁布纳的到来表示欢迎，他的视线越过眼镜上方，对鲁布纳说道：“我正在读你们报社的报纸。报纸上把彦森那个分析笔迹的家伙吹捧到了天上。他的笔迹分析靠谱吗？”

鲁布纳说：“是的，相当靠谱。彦奇克先生，中肯地说，他的笔迹分析真的不赖。没错，彦森是个奇才，的确是个奇才。昨天我见到他了。他会很科学地分析你的笔迹。”

普莱切卡先生说：“那就是场骗局。是的，先生，除了科学我什么都信。就拿维生素来说吧。在还没有维生素这种东西之前，你至少还知道你吃的是什么，但现在你就说不清楚了。这些被称作维持生命的物质，天知道是些什么玩意。简直是狗屁不通！”普莱切卡先生语气中带着嫌恶。

鲁布纳说：“这完全是两回事。普莱切卡先生，如果要跟你解释得花很长时间，这涉及心理测定学、无意识行为、直接和间接指示法等。但我告诉你，彦森读一页纸的手稿就像在读一本书，他对写字的人的解说非常清楚，让你觉得那个人就近在眼前。他会告诉你写字的人长什么样子，过去有什么经历，心里在想些什么，又隐瞒着什么——这真是很神奇。我可是眼见为实。”

普莱切卡先生心中怀疑，他咕哝着说：“你骗不了我。”

鲁布纳说：“好吧，我给你具体讲讲吧。有个男人，我不能告诉你他的名字，但是他非常有名。他给了彦森一张纸，上面是他妻子的笔迹。彦森看了看那个笔迹，然后开始说：这个女人是彻头彻尾的骗子，她邋遢、性欲超强、肤浅、懒惰、奢侈。她是个话痨，想当家做主，历史不清白，最糟糕的是她想谋杀她的丈夫。你想想看，那个男人的脸变得刷白，因为这些话句句属实。好笑的是，那个男人与他的妻子一起愉快地生活了二十年，竟从来没有发现他的妻子是这样的人。过了二十年的婚姻生活，他对这个女人的了解还不及彦森凭第一眼所洞察到的十分之一。这很厉害，是吧？普莱切卡先生，连你也得承认这很靠谱。”

普莱切卡先生说：“唯一让我惊讶的是那个傻头傻脑的丈夫在二十年里居然从来没察觉到什么。”

鲁布纳先生急躁地说：“呃，要知道那个女人很善于伪装，所以那个男人对她还挺满意的。当男人觉得很满意时就不会那么敏感了。而且你看啊，他原本不知道存在这些科学而精确的方法。这就像你用裸眼去观察一个事物时看到它呈现出白色，但使用了科学的方法后，就能看到它呈现出彩虹的七彩色。经验是靠不住的。现在人们能依靠的只有精确的方法。所以这个家伙对与他共同生活的可怕女人一无所知也不足为奇了。他就是没对她采用科学的方法——就是这样。”

餐馆经营者彦奇克先生说：“我猜你现在打算离婚吧。”

鲁布纳先生语调轻松地说：“我不知道。我从没闲心去理会那种蠢事。现在唯一让我感兴趣的就是怎样通过笔迹发现通过其他方法无从知晓的事情。想想看，如果你有一个多年的老友，你一直认为他既正派又诚实，突然之间，说变就变了！你发现他是一个窃贼，是个彻头彻尾的骗子。天啊，人不可貌相！像那样的分析才是能够暴露人们内心想法的唯一方法。”

普莱切卡先生既惊讶又不安，他惊呼道：“我的天哪！啊，这下没人敢给别人写信了。”

鲁布纳先生说：“的确如此。想想看，这种科学的笔迹学对追捕罪犯这样的事情可以起多么大的作用。啊，一个人在偷盗之前就可以被锁定了。他的笔迹会出卖他，显示他有偷盗的倾向，这样就可以彻底打击他，把他丢进大牢。笔迹学在这方面的应用真是前途无量。我跟你说，这规规矩矩是门科学，没有一丁点可怀疑的。”鲁布纳先生看了一眼手表，然后继续说道：“哦，已经十点钟了。我得回家了。”

普莱切卡先生咕哝着说：“今天你怎么这么早回去？”

鲁布纳温和地说：“哦，是这样，我妻子可能抱怨说我离开她的时间太长了。”

铁 证

预审法官马泰斯对他最亲密的朋友说："你知道吗？托尼克，这是要凭经验的。我根本不相信任何抗辩、任何不在场证明或任何解释，我也不相信被告或证人。人们都是骗子，即使他们不是故意想骗人。证人会对你发誓说他对被告没有敌意，而他本人不会意识到，在他的心底，也就是在他的潜意识里，他并不喜欢被告，因为他的内心压抑着对被告的敌意或嫉妒。被告所说的一切都是事先编造好的，全靠死记硬背。证人所说的一切也许出于他们帮助或伤害被告的目的，而这种目的可能是有意识的，也有可能是无意识的。哼！我会不知道这些吗？人类就是谎话连篇的畜生。

“那你能相信什么？是偶然，托尼克。机会就是那些鬼使神差、不知不觉——我该怎么说呢——就是偶尔冒出来的未受抑制的冲动、行动或语言。所有事情都可能是捏造或歪曲的，所有事情都是虚假的，或由某种秘而不宣的动机引发，但偶然除外。你凭第一眼就能看得出来。我的方法是这样的：我就静静地坐着，任由人们为他们之前编造好的事情喋喋不休。我假装相信他们，实际上我是在鼓动他们，这样他们的讲话会更即兴。然后我就等着，直到他们说出一些他们从没打算说出的细节或其他什么。你知道吗？要做好这种事情，你得懂心理学。有些预审法官强调要迷惑被告，所以他们会不停打断被告，让被告变得稀里糊涂，最后就傻头傻脑地招了，说不定连谋杀伊丽莎白女王的罪名也敢担。我要完全确定我的立场，所以我会耐心平静地等，直到这些谎话精们自己把自己筹划好的谎言和伪装变成招供。实话会在不经意间突然冒出来。你知道吗？这绝非易事，你只能在别人大意了的情况下，也就是在别人说漏嘴或出岔子的情况下获知实情。

“听我说，托尼克，我可不知道你的秘密。我们两个打小就是朋友，你记得吗？我打破了窗户，你却替我挨了一顿好打。这件事我没有告诉任何人，但是我心里有愧，我想把它忘掉。但这没有用，人不能不忏悔。我要告诉你我那个方法最近在我的——我的私人生活中，实际上是在我的婚姻中有多么奏效。如果你愿意，你可以说我是个傻瓜，是个没有情趣的人。我就是自作自受。

“嗯，老朋友，我——是的，我怀疑我的妻子玛莎。事实上我嫉妒得发疯。我幻想她跟一个小伙子调情——我叫他亚瑟。我想你不认识他。当然，我不是个卑鄙下流的人，如果我确定她爱他，我会说：玛莎，你走你的阳关道，我过我的独木桥。但最糟糕的是，我不能确定这件事。托尼克，你不知道这有多么折磨人。天哪！过去一整年真是太可怕了。你知道一个心怀嫉妒的丈夫会干出什么事来吗？他跟踪、监视妻子，盘问佣人，还大吵大闹。但你千万别忘了，我是个预审法官。我亲爱的朋友，去年我的家庭生活就是一场不间断的盘问，从早到晚都没停过。

“被告，我是指玛莎，很坚守她的立场。不管她是哭喊，还是愤怒得一言不发，还是详细说明她一整天去了什么地方、做了什么事，我都觉得等她说漏嘴或暴露出其他东西是浪费时间。当然，她也常常对我说谎，我是说，她常常理所当然地说谎，但那只是女人常有的谎言。女人从来不会直接告诉你她在裁缝店待了两个小时，她会说她去看牙医或给她母亲扫墓去了。嫉妒使我变得比一条疯狗还疯狂，我越担心她，越威逼她，我的立场就越不坚定。我研究、揣摩她说的每一个字、找的每一个借口，但我一无所获，这些经过她深思熟虑的东西稀松平常，半真半假，也正是它们构成了普通的人际关系，尤其是婚姻关系，不是吗？我知道这些事给我的感觉，但我一想到可怜的玛莎所经受的一切，哦，我亲爱的朋友，我真是追悔莫及。

“今年玛莎去了弗朗齐歇克矿泉村——你知道的，她有些女性疾病什么的，事实上她看起来情况不是很好。不必说了，我在那里也监视她了。我花钱雇了一个卑鄙的家伙做这件事情，此人常常流连于酒馆。好笑的是，生活就是失之毫厘，谬以千里。一颗老鼠屎能坏了一锅粥。玛莎给我写了一封信，我能感觉到她的不确定和压抑，好像她没弄清楚发生了什么事。当然，我仔仔细细研究了这封信。后来有一天我又收到她寄来的一封信，收件人写的是预审法官弗兰提谢克·马泰斯。我打开信封，抽出一张便条用纸，第一眼看到的是‘亲爱的亚瑟’！

“哎呀，我的手抖得厉害。这终于印证了我的想法。有时候确实会发生这样的情况，你写了好几封信，却把信放错了信封。玛莎也是这样的，不是吗？我就是这么想的，我亲爱的朋友，她以这样的方式露出马脚，我真的非常难过。

“你不要误会，托尼克，我第一个想法不是要去读这封寄给这个——这个亚瑟的信，而是把它寄还给玛莎。我本来是要这么做的，但是嫉妒是魔鬼，它能让你做出卑鄙的事情。嗯，老朋友，我读了那封信，我想也给你看看，因为我随身带着。你看看吧。

“‘亲爱的亚瑟，

‘我之前没有给你回信，请你不要生我的气。但是我近来一直有点担心，因为弗兰奇（就是我）很长时间没给我来信了。我知道我的丈夫日理万机，但是这么长时间都没有他的来信，我变得有点失魂落魄。但是你肯定是不能理解我的感受。弗兰奇下个月要到这里来，所以你也可以来。他写信给我说他现在在处理一个极有趣的案子，他没说是什么案子，但我想应该是被羁押的杀人犯雨果·穆勒的案子。我对这个案子很有兴趣。很遗憾你和弗兰奇最近没怎么见面，但这是因为他实在是太忙了。如果能像以前那样常见面，你可能会让他更多地参加一些活动，或者来一次摩托车旅行。以往你待我们那么好，就是现在你也没忘记我们。弗兰奇现在非常焦虑，行为非常古怪。你还没有告诉我你的爱人现在怎么样了。弗兰奇抱怨说布拉格太热了，他应该来这里放松一下，但我笃定地说他会在办公室里工作到半夜。你打算什么时候去海边？我希望你能带你的爱人一起去。你不知道这对我们女人来说就是爱的表现。

祝好

谨上

玛莎·马特索娃’

“嗯，托尼克，你对此怎么看？我知道这封信的措辞不怎么巧妙，在文风和趣味方面也没什么可圈可点的。但是，我亲爱的朋友，这让我看清了玛莎，还有她对那个可恶的亚瑟的态度！如果她告诉我她想要什么，我不会信的。但这个事情是我无意得知的，并非她想告诉我。所以真正的事实就因为疏忽暴露出来了。我应该喜极而泣，也应该为自己如此犯傻的嫉妒而感到羞耻。

“之后我做了什么？嗯，我用绳子把有关雨果·穆勒凶杀案的文件绑了起来，然后把文件放到了抽屉里。第二天我就到了弗朗齐歇克矿泉村。玛莎看到我的时候跟个小姑娘似的，脸都红了，说话结结巴巴的。谁都会认为她做了什么过分的事。我一直板着脸。过了一会儿玛莎说：‘弗兰齐，你收到我的信了吗？’

“我故作惊讶地说：‘什么信？你很少给我写信。’

“玛莎吃惊地看着我，然后叹了口气，好像心里的大石头落地了。她说：‘哦，那我一定是忘了寄信了。’她在她的包里摸索，然后掏出一封皱巴巴的信。信的开头是这样写的：亲爱的弗兰齐：我忍不住要嘲笑自己了。我以为亚瑟先生一定会寄回那封收件人不是他的信。

“接下来我们对这整件事就只字不提了。当然，我开始跟她讲雨果·穆勒的凶杀案，她对这个很感兴趣。我想直到今天她仍然相信我从来没有收到过那封信。

“嗯，整个故事就是这样。从那个时候开始，我们家至少也平静下来了。我说，我如此发了疯似的嫉妒是不是犯傻啊？你知道吗，现在我正想方设法补偿玛莎。直到读到她写的那封信时我才明白她是多么地牵挂我。现在我脑子里再不去想这些事了。对于一个男人来说，让自己出丑是比犯罪更为羞耻的一件事。

“但这是一个典型的例子，能告诉你怎样全凭偶然来打消你对一件事情的怀疑，我说得没错吧？”

同一时间的某个地方，一个名叫亚瑟的小伙子对玛莎说：“哦，宝贝，那法子奏效吗？”

“你说什么呀，亲爱的？”

“上次你错寄给他的那封信。”

玛莎陷入思考，说道：“我想应该奏效了吧。你知道吗，亲爱的，他现在对我相信得不得了，这让我觉得很惭愧。从那时候起他就一直对我很好。你想想看，他把那封信随身带着，就放在胸口旁边。”玛莎微微颤抖，继续说道，“我——我骗他的方式真的太可恶了，你不这么认为吗？”

但亚瑟先生不这么认为，至少他非常坚决地说他不这么认为。

算命者

凡是对这个话题有些了解的人都明白，这种事不会发生在捷克斯洛伐克，也不会发生在法国或德国，因为正如你所知，在这些国家，法官审判和判决罪犯的依据是法律，而不是他们敏锐的判断力或良心的指引。这个故事中的法官过去判案靠的不是法典，而是他自己的判断力，而我马上要讲到的故事中的案件只可能发生在英国。事实上，这个案件发生在伦敦，更精确点说是发生在肯辛顿。不，等等，是发生在布朗普顿或贝斯沃特，总之就在那附近吧！故事中的法官事实上是一名地方法官，他的名字叫J·P·凯利。故事中还有一位女士，她的名字是很常见的艾迪丝，全名是艾迪丝·迈尔斯。

我得告诉你，这位女士本来是一个很体面的人，可她被探长马茨利尔里盯上了。

一天晚上，马茨利尔里对他的妻子说："亲爱的，我的脑子没法不去想迈尔斯太太这个人。我很想知道她到底是靠什么谋生的。想想看，现在是二月份，她却打发佣人去买芦笋。我发现她家里每天都有十二到二十个客人来访，这些人里面有女清洁工，也有公爵夫人。亲爱的，我知道你会说她可能是个算命的。这很有可能，但是也只是为别的事情打掩护，比如白人奴隶贩卖或间谍行为。我要把这件事情查到底。"

精明的马茨利尔里太太说："好了，鲍勃，这件事情你就交给我吧。"

第二天，马茨利尔里太太没有戴婚戒，她穿得很年轻，顶着一头小卷发，娃娃脸上带着吃惊的表情，她看起来就像一个年轻的姑娘。她按响了迈尔斯太太家（也许在贝斯沃特，也许在马里列本）的门铃。在迈尔斯太太接待她之前，她等了好大一会儿。

"亲爱的，请坐。有什么可以帮到你的吗？"老太太在说话时极为仔细地观察着这位腼腆的访客。

马茨利尔里太太结结巴巴地说："我……我……我……我想……明天是我二十岁的生日，我很想知道我的未来是什么样子的。"

迈尔斯太太说："但是，小姐——嗯，请问你叫什么名字？"她拿出一盒纸牌，然后开始洗牌。

马茨利尔里太太叹口气说："我叫琼斯。"

迈尔斯太太继续说道："亲爱的琼斯小姐，你完全弄错了。我可不会用纸牌来给别人算命，当然，为了朋友也会偶尔为之，每个老太太都是这样。把你左手拿的纸牌分成五堆。好的。有时候我玩牌是为了娱乐，但是除此之外——天哪！"她惊呼了一声，翻开了第一堆牌。"方块！这代表着金钱。红桃J。这一手牌不错。"

马茨利尔里太太说："啊，还有呢？"

迈尔斯太太一边翻开第二堆牌一边说："红桃J，黑桃10，这代表着旅行。"她又惊呼道："但你看这儿！这是梅花。梅花总是代表烦恼，但是最底下有一个红桃Q。"

马茨利尔里太太把眼睛睁得大大的，问道："这表示什么？"

迈尔斯太太翻开第三堆牌，一边思索一边说："方块又出现了。亲爱的，你会腰缠万贯的。但是我不能肯定你是否会有一次长途旅行，或有什么跟你关系极亲密的人。"

马茨利尔里太太说："我要去南安普敦探望我的姑妈。"

迈尔斯太太说："那可真是一次长途旅行了。"她翻开了第四堆牌，说道："有人会妨碍你，是一个上了年纪的男人——"

马茨利尔里太太喊道：“我猜是我叔叔!”

迈尔斯太太翻开第五堆牌，说道：“嗯，现在我们已经知道了一些事情，而且都没有错。亲爱的琼斯小姐，这是我见过的最好的一手牌。今年过完之前会有一场婚礼。一位非常非常富有的年轻人会娶你，他一定是个富豪或生意人，因为他经常旅行。但是在你们两人结合之前，你必须克服重重障碍，有一位上了年纪的男士会妨碍你，但你一定要锲而不舍。等到你真的结婚了，你会走得远远的，很有可能要漂洋过海。我要收取一个畿尼的费用，将用于基督教给那些可怜的黑人传道。”

马茨利尔里太太从手提包里掏出一镑一先令，说道：“太感谢您了，真是万分感谢。迈尔斯太太，如果要免去那些烦恼，要付多少钱？”

老太太严肃地说：“你是不可能贿赂纸牌的。你叔叔是做什么的？”

这位年轻的女士表情纯真地撒谎道：“他在警察机关工作，是情报部门。”

“噢！”老太太应了一声，从牌堆里抽出三张牌。“事情不妙，实在是大大地不妙。亲爱的，你要告诉他，他将面临极大的危险。他应该到这儿来找我，以便了解更详细的情况。伦敦警察厅都有好些人到我这儿来要我帮他们解读纸牌，他们都会告诉我自己的想法。行了，你叫他来我这里便是。你说他在情报部门工作？是琼斯先生吗？告诉他我期待他的光临。再见，亲爱的琼斯小姐。下一位！”

马茨利尔里先生若有所思地挠着脖子，说道：“我不喜欢这个样子，我真不喜欢这个样子，卡蒂。那个女人对你已故的叔叔居然如此感兴趣。此外，她的名字根本不是迈尔斯，而是迈耶霍夫，她来自德国吕贝克。该死的德国佬！”怒吼之后，马茨利尔里先生又说：“我想知道我们怎么才能阻止她玩这种伎俩。我不介意以五比一的赔率打赌，她骗的都是些与她八杆子打不着的人。要不这样吧，我把这件事告诉我的上司。”

于是马茨利尔里先生一五一十地把这件事告诉了他的上司。说来奇怪，上司们对这事很上心，后来迈尔斯太太便接到传唤，接见她的正是J·P·凯利先生。

这位地方法官对她说：“迈尔斯太太，我听说你用纸牌算命，这到底是怎么回事？”

老太太说：“哎呀，法官阁下，我总得做点什么谋生呀！我都这把岁数了，当然是不能到音乐厅跳舞了。”

凯利先生说：“嗯。但是对你的投诉是你没有正确地解读纸牌。亲爱的女士，这就好比别人找你要巧克力蛋糕，你却给了别人黏土块。既然支付了一个畿尼的费用，别人就有权利得到正确的预测。而你呢，你根本不懂算命，却又勉强为之，这怎么能行呢？”

老太太急忙为自己辩护：“也不是每个人都投诉啊！您看

啊，我预测了他们喜欢的事情。他们从中得到的喜悦就值几个先令，法官阁下。有时候我也算得挺准。有一位女士就这么跟我说，迈尔斯太太，没有人解读纸牌比您解读得更好，而且您给我提供了那么好的建议。她就住在圣约翰森林，正在和她的丈夫闹离婚。”

地方法官打断她：“你听我说，我们有一个证人控诉你。马茨利尔里太太，请向法庭讲述发生了什么。”

马茨利尔里太太开始流利地讲述：“迈尔斯太太用纸牌给我算命，她说今年过完之前我会结婚，我未来的丈夫是个富有的小伙子，而且我会跟着他漂洋过海——”

地方法官问道：“为什么会特别提到要漂洋过海？”

“因为第二堆牌里有一张黑桃9 ，迈尔斯太太说这表示旅行。”

地方法官吼道：“胡说八道！黑桃9代表希望，黑桃J才代表旅行。如果是方块7，就代表长途旅行，且这样的旅行可能会带来有价值的东西。迈尔斯太太，你可糊弄不了我。你预言说这位证人在今年过完之前会嫁给一个富有的年轻人，但是马茨利尔里太太已经和马茨利尔里探长结婚三年，马茨利尔里探长也是个好人。迈尔斯太太，你如何解释这样的荒唐事？”

老太太平静地说：“啊呀，这种情况时有发生。这个年轻人找我的时候穿得很漂亮，但她的左手手套破了。据此看来，她并不是什么豪门千金，但又总是喜欢显摆。后来她说她二十岁，但现在我才知道她是二十五岁——”

马茨利尔里太太大声说道：“是二十四岁。”

“这都一样。她想结婚，我的意思是她骗我说她没有结婚。所以我就为她安排了一组预示婚礼和富翁丈夫的牌。我想这比所有其他东西更能让她称心如意。”

马茨利尔里太太问道：“那您说的重重障碍、上了年纪的男士和越洋旅行又是怎么回事？”

迈尔斯太太坦白地说：“那是因为你付了钱。你付了一个畿尼，我得告诉你不少事情。”

地方法官说：“行啦。迈尔斯太太，你说这些都没用。你用纸牌算命就是欺诈行为。纸牌确实有某些寓意。当然，相关的说法也很多，如果我没有记错的话，黑桃9根本不表示旅行。你跟售卖假冒伪劣商品的人一样，得交五十英镑罚金。迈尔斯太太，此外你还涉嫌参与间谍活动。但我不希望你承认这点。”

迈尔斯太太惊叫道：“我说的可是千真万确——”

但是凯利先生打断了她，“好了，这件事我们不要再提了。鉴于你是外国人，又没有合适的谋生方法，有关当局会行使被赋予的权力，将你驱逐出境。再见了，迈尔斯太太，也谢谢你，马茨利尔里太太。我不得不说胡乱算命是一件可耻且无道德的事情。请你牢记这一点，迈尔斯太太。”

老太太叹息道：“我现在该怎么办？自打我开始联

系——”

大概一年以后，凯利先生遇到了马茨利尔里探长。

这位地方法官亲切地说：“天气不错啊。对了，马茨利尔里太太近来可好？”

马茨利尔里先生一副愁眉苦脸的样子，他略带尴尬地说：“唉，凯利先生，马茨利尔里太太——嗯，事实上——她已经离开我了。”

地方法官惊讶地说：“你说什么？她是那么好的一个姑娘！”

马茨利尔里先生愤愤不平地说：“事情就是弄成这样了。有个傲慢的年轻人疯狂地追求她，这事我后来才知道。那个人来自墨尔本，要么是个富翁，要么是个生意人。我试图阻止她，可是——”马茨利尔里先生做了一个无助的手势，接着说，“一个星期之前，他们一起乘船去了澳大利亚。”

形迹可疑的人

帕佐夫斯基先生对科尔达警官说：“科尔达先生，我有东西要给你。”需要说明的是，帕佐夫斯基先生曾经在奥地利的警察局工作过，事实上他曾是一名骑警，但是战后他有点不能适应新的环境，于是辞职到国外旅行了一阵，后来成为前景旅馆的老板。这个地方有点偏僻，但是如今开始变得热闹起来，人们来这里远足、观光、游泳或找其他的乐子。

帕佐夫斯基先生说：“科尔达先生，有些事情我弄不明白。有个家伙住在我这里，已经逗留了两周。他的名字叫罗德，是不是真名我就不知道了。他没有赖房钱，他不喝酒也不赌博。”帕佐夫斯基先生突然又说：“但是——我跟你说啊，你得找个机会过来看他一眼。”

科尔达问道：“他有什么问题吗？”

帕佐夫斯基先生烦恼地说：“这就是症结所在。我不知道他有什么问题。这个人也没有什么特别让人挑剔的地方，我该怎么说呢？可我就是觉得他形迹可疑。你明白了吧？”

科尔达警官思索着，“罗德，罗德，这个名字没给我提供任何线索。他是干什么的？”

帕佐夫斯基先生说：“不知道。他说他是银行职员，但是我没弄清楚他在哪家银行工作。我不喜欢这个样子。他这个人非常有礼貌，但是——他从来没收到过信件。在我看来，他好像拒人于千里之外。我不喜欢这个样子。”

科尔达警官问道：“你说拒人于千里之外是什么意思？”

帕佐夫斯基先生困惑地说：“他并不是真的拒人于千里之外。但是，真见鬼，有谁在九月份会想待在乡下这个地方？只要有车在这跟前停下来，他就会立马回到自己的房间，就算是正在吃饭他也会这么做。我跟你说啊，这个叫罗德的家伙真的形迹可疑。”

科尔达先生沉思了一会儿。他一本正经地说：“嗯，要不这样吧，帕佐夫斯基先生。如果你跟他说你的旅馆秋天不营业，他就会去布拉格或其他地方，对吧？我们为什么要惹这个麻烦呢？就这么办吧！”

第二天是周日。一位名叫赫里奇（他的绰号是玛丽·安或葛莉，这是在嘲笑他娘娘腔）的年轻警察正下班回家。在路上，他突然想起要到旅馆打个电话，于是径直穿过森林来到前景旅馆的后院。他走到后门跟前，停下脚步吹掉他烟斗上的烟灰。就在那一瞬间，他听到一楼朝向后院的那扇窗户发出格格的响声，在他身后有什么东西砸落在地上。葛莉跑到后院，抓住了一个不知何故从窗户跳出来的男人。

他喝道："喂，你干什么呢？"

那个男人被按住了肩膀，他面色苍白，一点表情也没有。他低声说："为什么我不能跳窗？我就住在这里。"

警察葛莉略加思索，说道："也许你说的没错，但我对你跳窗的行为很反感。"

这个面无表情的男人辩解道："我不知道不能跳窗。你可以问帕佐夫斯基先生我是不是住在这里。我的名字叫罗德。"

警察葛莉说："也许你说的是真的。请出示你的证件。"

罗德先生吞吞吐吐地说："证件，我身上没带任何证件。我会写信索取证件的。"

葛莉立马回应道："我们会亲自写信索取证件的。请跟我走，罗德先生。"

罗德先生面如死灰，他问："去哪儿？做什么——你要我去做什么？"

葛莉说："因为你形迹可疑，罗德先生。闭上嘴跟我走吧！"

此时在警察局里，科尔达警官趿着一双拖鞋，一边吸着长长的烟斗，一边阅读警察局的官方公告。当他看到葛莉带着罗德先生走进来时，突然咆哮起来："喂，真该死，玛丽·安，你在搞什么鬼？难道连周日都不能让我清静一下吗？你周日把人带到这里来干什么？"

葛莉说："哦，警官，这个人形迹可疑。他一看到我走进旅馆就从窗户跳到后院，还想溜到森林里去。他没有任何证件。所以我就把他带到这里来了。他的名字叫罗德。"

科尔达先生来了兴趣，他说："啊哈，罗德先生！现在我们捉到你了，罗德先生！"

罗德先生不满地说："但你们不能拘留我。"

科尔达先生说："是的，我们不能拘留你。但是我们可以让你待在这儿，不是吗？玛丽·安，去旅馆搜罗德先生的房间，把他的东西拿到这儿来。坐吧，罗德先生。"

罗德先生显得非常不安，他结结巴巴地说："我——我拒绝作任何陈述。我要投诉——我要抗议——"

科尔达先生叹息道："行啦，罗德先生。你形迹可疑。我不想跟你争论。坐在那里不要说话。"

随后他拿起他的报纸继续阅读。

过了一会儿，他说："听着，罗德先生，每个看到你样子的人都会觉得你有问题。如果我是你，我就会爽快承认，这样就能松一口气了。你也可以什么都不说。"

罗德先生坐在那里，面色苍白，汗如雨下。科尔达先生看着他，嫌恶地哼着鼻子，然后他把炉子上正煎着的蘑菇翻了个面。

过了一会儿他继续说："现在你给我听着，罗德先生。我们要确认你的身份，因此要拘留你一阵子，没有人会跟你讲话。亲爱的先生，你可不要招人烦！"

罗德先生仍旧是抵死沉默，科尔达先生一边清理着他的烟斗，一边不耐烦地嘟哝着。他说："得了，我跟你直说了吧：弄清楚你的身份可能要用一个月的时间，但是罗德先生，这一个月可不会算在你的刑期内。我不得不说，就这么白白浪费一个月实在可惜。"

罗德先生犹豫地说："如果我坦白，那么——"

科尔达先生解释道："那么你还会被还拘押，明白吗？你被拘押的时间会算在刑期内。你想怎么做就怎么做吧！你形迹可疑，看到你被带到巡回审判庭，我会很高兴的。现在你弄明白了吧，罗德先生。"

罗德先生叹了口气。他的双眼透露出悲哀和畏缩的神情。他突然说道："喂，为什么每个人都说我形迹可疑？"

科尔达先生毫不含糊地说："因为你看起来很恐慌。你在隐瞒什么事情，罗德先生，人们不喜欢这个样子。你为什么不敢直视别人的脸？你显得心神不安。这就是症结所在，罗德先生。"

这个面如死灰的男人更正道："我叫罗斯纳。"

科尔达先生沉思道："罗斯纳，罗斯纳，让我想想，是哪个罗斯纳？这个名字怎么听起来有点耳熟呢？"

这个男人大声喊叫："当然是费迪南德·罗斯纳。"

科尔达先生说："费迪南德·罗斯纳，现在我知道了。费迪南德·罗斯纳——"

这个面如死灰的男人又提醒说："维也纳储蓄银行。"

科尔达先生高兴地叫道："啊哈！盗用公款！现在我明白了。就是罗斯纳干的！伙计，过去三年我们一直在搜捕你。你就是罗斯纳！"他喜悦地重复着这个名字，"为什么你早不这么交代？刚才我差点想把你踢出去，现在居然发现你是罗斯纳！玛丽·安！"科尔达先生愉快地唤赫里奇警官进来，然后对他说："这是罗斯纳，因犯欺诈罪被搜捕的那个人。"

罗斯纳略有些退缩。"这个——"

科尔达先生安慰道："行啦，罗斯纳，你会习惯的。你应该觉得自己很幸运，因为你终于把事实说了出来。但是伙计，看在上帝的份上，你告诉我过去三年你都藏在哪儿了？"

罗斯纳心酸地说："藏在卧铺车或高级旅馆里。他们不会问我是谁或来自哪里。"

科尔达先生同情地说："天哪，那你一定花了不少钱吧？"

罗斯纳松了一口气，说道："确实如此，但是我不能去那些老是有警察活动的地方，对吧？警官，我总得想办法谋生。

我从来不会在一个地方待超过三个晚上，直到我来到这里——你现在已经抓到我了。”

科尔达先生轻松地说：“哦，是的，但是你的钱也快用完了，是吧？这场游戏该结束了。”

“是的。”罗斯纳认同道。他又抱怨道：“但是我跟你说啊，我也坚持不下去了。我的天哪，过去三年我没有和任何人交过心，直到现在。哦，我甚至都没吃上一顿像样的饭。只要有人在看我，我就会立马躲开。每个打量过我的人，我都怀疑他们是警察局的人，我甚至还怀疑过帕佐夫斯基先生。”

科尔达先生说：“别为这事烦恼了。告诉你吧，帕佐夫斯基先生以前确实在警察局工作。”

罗斯纳吼叫道：“我猜对了吧！你认为像我这样的人会试图逃脱众人的视线。为什么所有人都像那样打量我？我看起来像罪犯吗？”

科尔达先生把他仔细审视了一番，然后说：“我告诉你吧，罗斯纳，现在你看起来不像，你与常人无异。但是伙计，以前你确实形迹可疑。我不明白为什么以前我觉得你有点古怪。行啦，玛丽·安要带你去监狱。现在还不到六点，我们会把今天算在你的刑期里。如果今天不是周日，我会亲自带你去监狱，以表明我对你并无恶意。你只是看起来有点奇怪罢了，罗斯纳，不过现在好了。玛丽·安，带他去牢房。”

那天晚上科尔达先生说："你知道吗，玛丽·安？我并不介意告诉你其实我很喜欢罗斯纳那家伙。他这个人看起来挺像样的，是吧？我猜他在监狱里待的时间不会超过一年。"

警察葛莉羞红了脸，他说："我帮他说了好话，还让他们给了他两条毛毯。他一定不习惯睡那种装有小轮的矮床。"

科尔达先生说："是啊，我会让监狱看守偶尔跟他讲讲话，这样罗斯纳就会觉得他的身边又有朋友了。"

雅尼克先生的奇遇

这位雅尼克先生不是某个政府部门的雅尼克博士，不是射杀庄园主人耶萨的雅尼克，也不是传闻在桌球游戏中单杆得分达到326分的股票经纪人雅尼克，而是纸张和纤维制品批发商雅尼克及霍勒契克公司的老板雅尼克。这个人个子不高，很有绅士派头。他曾经向赛维罗娃小姐求过婚，但被拒绝了。为此他伤透了心，一直都没有结婚。事实上，他要消除人们将他误认为是文具商雅尼克的一切可能性。

现在这位雅尼克先生卷进了一些事情里，而遇上这些事情纯属偶然。这得从他夏天在萨扎瓦某个地方度假时说起。那时候警察局正在寻找鲁瑟娜·瑞格勒诺娃的尸体。

凶手是这个女人的未婚夫因德利希·巴斯塔，他让这个可怜的女人浑身浸透石蜡油，然后烧死了她并将尸体埋在森林里。虽然巴斯塔因谋杀鲁瑟娜而被判决有罪，但是鲁瑟娜的尸体却杳无踪迹。警察在森林里搜寻了九天。巴斯塔负责带路，他不停指点警察应该往这里或那里走。他们在森林里挖了个遍，但什么都没找到。很明显，巴斯塔是在铤而走险，他把警察引入歧途，或是在为自己争取时间。这个叫因德利希·巴斯塔的年轻人出生在一个富裕而体面的家庭，但是在他降生之前，医生很可能使用了产钳，使他的脑袋受了些挤压。总之他有点不正常，是个古怪的身心不健全者。他带着警察在森林里找了九天，他的脸像鬼一样苍白，因为害怕，他的眼球就像眼球震颤症发作一样不停地移动，看起来悲惨至极。警察跟着他一起穿过越桔树林和沼泽地，他们已经忍无可忍，随时都有可能拔枪射击。他们心想，你这个畜生，真要给你点颜色看看，谅你也不敢不带我们去正确的地方。巴斯塔已经筋疲力尽，连拖着脚走都够呛。他瘫软在地上，气喘吁吁地说："这就是我埋她的位置！"

一个警察对着他吼道："起来，巴斯塔，不是这里！快点走！"

巴斯塔摇摇晃晃地站起来，踉跄着向前走了几步后再次累倒在地。搜寻队伍的成员有这些人：四名警察，一两个猎场看守人，几个扛着铁锹的老伙计，还有失魂落魄、面色惨白，一边抽搐一边拖着脚前行的因德利希·巴斯塔。

雅尼克先生在当地旅馆听说了警察搜寻的事，于是他也加入到这个悲剧般的森林搜寻活动中，没有人粗鲁地警告他应该离得远远的。他还带了一些沙丁鱼罐头、萨拉米香肠、科纳克白兰地酒等方便取用的物品。到了第九天情况很糟糕，糟糕到让雅尼克先生下定决心不再跟他们一起搜寻了。警察愤愤不平地抱怨着，猎场看守人说他们受够了，他们还有其他的事情要做，扛着铁锹的老伙计们瘫倒在地上发着牢骚，说干这么辛苦的活儿一天挣二十克朗实在太少，而因德利希则抽搐摇晃着，对警察的吼叫和威吓没了反应。在这个让人情绪低落和心烦意乱的时刻，雅尼克先生做了一些他计划外的事情：他在巴斯塔身边跪下来，把一个火腿卷塞到他手里，然后怜悯地说："你听我说，巴斯塔先生，行了，巴斯塔先生，你知道这样做没用的。"巴斯塔发出一声哀号，然后放声痛哭。他抽泣着说："我会找到的……我会找到的，你们等着看吧。"他试着站起来，其中一名便衣警察走上前来，体贴地扶他站稳，并劝诱道："你就靠在我身上吧！巴斯塔先生，雅尼克先生会在另一边搀扶着你。好了。那么巴斯塔先生，你会告诉雅尼克先生在什么地方，对吧？"

一个小时过去了。因德利希·巴斯塔在抽烟，他站在一个浅坑上，坑里冒出一根腿骨。

特龙卡警官厉声问道："这是鲁瑟娜·瑞格勒诺娃的尸

体吗？”

“是的。”因德利希·巴斯塔回答得很平静，他将烟灰弹到了那个小坑里。“你们还想怎么样？”

那天晚上，特龙卡警官在当地一家旅馆里对雅尼克先生滔滔不绝地说：“你知道吗，先生？你确实懂得如何说服别人，做得准确无误。先生，我向你致以我最诚挚的敬意。当你对那个家伙说了句‘巴斯塔先生’后，他就投降了。他可坚持得够久的，天哪，他真是个混蛋！但是先生，如果你不介意的话，我想问问你怎么知道对他客气就会取得那样的效果？”

这位英雄人物的脸微微发红，他说：“噢，那只是我顺嘴一说，我对每个人都会说‘先生’。我觉得他可怜，我应该给他那个火腿卷——”

特龙卡警官断言道：“这是天资，也就是我说的有发现东西的天赋。我向你致以我最诚挚的敬意，雅尼克先生。你应该投身警界，我们需要你这样的人。”

过了一段日子，雅尼克先生乘坐夜间列车到布拉迪斯拉瓦去。有家斯洛伐克的纸厂准备在那里召开股东大会，雅尼克先生给该厂投资了很大一笔钱，他正急着去参加会议。他对列车员说：“在到达布拉迪斯拉瓦之前把我叫醒，要不然火车就把我带到边境去了。”说完他爬上卧铺车厢的床，他很高兴自己有个小隔间，这让他觉得很舒适。他又默想了一会儿生意上的事，然后进入梦乡。半夜不知道几点钟，列车员打开隔间的门让一名乘客进来，那名乘客开始脱衣服，然后爬上上铺。雅尼克先生在半梦半醒之间看到一条裤子和两条毛茸茸的腿在晃来晃去，听到有人上床盖被子和低沉的咕哝声，然后开关啪地一响，重回黑暗的车厢依然嘈杂。雅尼克先生的梦很纷乱，大多数时候他梦到自己被毛茸茸的腿追逐着。然后是长时间的安静，接着车厢外传来一个声音："又在日利纳见到你了。"他惊醒了，跳下床来朝窗外看。他看到天将破晓，列车已经到达布拉迪斯拉瓦站，显然那个列车员忘记了叫他起床。他着了慌，已顾不得骂人，只是火急火燎地套上裤子，其他的衣服都穿在了睡衣外面。他把那些零碎的东西都塞到口袋里，当他跳上月台的时候，列车员正发出让列车行驶的信号。

"哎哟！"雅尼克先生喘着气叫了一声，他朝着驶离的列车挥了挥拳，然后去盥洗室整理服装。当整理完口袋里的东西时，他傻了眼。在他胸前的口袋里不只有一个钱夹，而是两个。其中一个鼓一些的并不是他的，里面装着六十张面值五百克朗的崭新捷克斯洛伐克钞票。显然这些东西属于前晚与他同在一个隔间的那位乘客，雅尼克先生仍然在半梦半醒之间，无论如何也想不出这些东西怎么会跑到他的口袋里。对了，首先应该找到警察局的人，这样就可以移交那个陌生人的钱夹了。在警察局，雅尼克先生暂时被晾在一边，他饿得前胸贴后背。警察局打电话到加兰塔，要那里的人通知14号卧铺的乘客到布拉迪斯拉瓦派出所领取他的钱夹。接下来雅尼克先生就得关照一下自己了，他去享用了一顿早餐。后来警察局的人找到他问是不是出了什么差错，因为14号卧铺的那位先生说自己没有遗失钱夹。雅尼克先生只好回到派出所，把事情的来龙去脉又讲了一遍。在此期间，两名便衣警察把那六十张钞票拿走了，雅尼克在两名侦探的陪同下等了半个小时，后来他被带到某位警局要员面前。

这位警局要员说："听着，我们刚刚给帕肯纳纳发了电报，要求拘留那个14号卧铺的人。你能详细描述一下他吗？"

那位乘客有一双毛茸茸的腿，这就是雅尼克先生唯一说得出来的内容。这位大人物对此很是不满。他突然开口说："听着，这些钞票是伪钞，在我们把那位旅客带来与你对质之前，你得待在这里。"

雅尼克先生在心里暗骂那个没及时将他叫醒的列车员，就是他害得自己在慌乱中将那该死的钱夹揣到了口袋里。大约半个小时过后，警察局收到从帕肯纳纳发来的电报，大意是那位14号卧铺的旅客已经在诺维扎姆基下车，后来他是步行还是以其他方式去了哪里尚不清楚。

那位警局要员最后说："好吧，雅尼克先生，现在你不用留在这里了，我们要把这个案子移交给布拉格的赫鲁谢卡警官，让他来调查这些伪钞。但是依我说，这个事情相当严重。现在你尽快赶回布拉格，那里有人要找你。同时我要感谢你找到那些伪钞，你干得真漂亮。你可不能说你纯粹是凭运气。”

雅尼克先生刚到达布拉格就被警察总局的负责人请去了。接见他的有两个人，其中一个身材壮硕，所有人都叫他“局长”。还有一个面色蜡黄，骨瘦如柴，正是赫鲁谢卡警官。

那个壮硕的男人打开一个小包裹的封口，说道：“请坐，雅尼克先生。这个钱夹是你——呃——是你在布拉迪斯拉瓦在你的口袋里找到的吗？”

雅尼克先生叹息道：“是的。”

壮硕的男人数了数钱夹里的崭新钞票，说道：“一共是六十张，都属于27451系列。这个情况是海布那边告诉我们的。”

那个骨瘦如柴的男人拿起一张钞票，闭上眼睛用手指摩挲着，然后用鼻子闻了闻，开口道：“这些肯定是从格拉茨来的，从日内瓦来的钞票没这么黏手。”

“格拉茨，”壮硕的男人若有所思地重复了一次这个地名，“他们就是在那里做这些东西然后提供给布达佩斯，是吗？”

骨瘦如柴的男人眨了眨眼，说道：“就算我去维也纳，维也纳的警察局也不会交出那个家伙。”

壮硕的男人咕哝道：“嗯，那就想想其他办法抓他。大不了告诉他们我们愿意用莱伯哈德特来换他。那就祝你旅途顺利，赫鲁谢卡。”他转向雅尼克先生，继续说道，“先生，我真不知道如何感谢你。是你找到因德利希·巴斯塔的妻子的，是吗？”

雅尼克先生脸都红了，他急忙说：“那只是侥幸成功，我真的——我从来没有刻意——”

壮硕的男人赞许地说：“你对发现东西很有天赋，雅尼克先生，这可是一种难得的天赋。有些人无论如何也发现不了什么东西，而另一些人在无意中就能找到最隐秘的线索。你应该加入我们，雅尼克先生。”

雅尼克先生试图回避这个问题，“恐怕我办不到。我——要知道，我有自己的事业，我的祖父留给我一家老字号企业，现在我经营得很好——”

壮硕的男人叹息道：“随你便吧，但是真的非常遗憾。不是每个人都像你一样那么幸运。希望我们有机会再见面，雅尼克先生。”

事情过去了大概一个月。雅尼克先生与一位来自莱比锡的生意上的朋友共进午餐。生意人的午餐自然是很有格调，尤其是那科纳克白兰地，简直就是琼浆玉液。午餐结束后，雅尼克先生不愿步行回家，他让侍者帮他叫了一辆计程车。

起身离开饭店时，他看到有一辆计程车停在入口前面，于是上了车，砰地关上车门。他醉得一塌糊涂，完全没法告诉司机他住在哪里。不过计程车却开动了，雅尼克先生舒服地歪在角落里睡着了。

他不知道车开了多久，但是车停下来时他醒了。司机为他打开车门，说道："到了，先生。您该上楼了，先生。"雅尼克先生很想知道自己在哪里，但是科纳克白兰地还是让他迷迷糊糊地。他上了楼梯，打开一扇门，听到门后有嘈杂的说话声。房间里大概有二十个人，当他进门时，他们急切地朝着门的方向看。房间里突然静了下来，气氛很诡异。其中一个人站起来走向雅尼克先生，问道："你来这里干什么？你是谁？"

雅尼克先生惊讶极了，他左顾右盼。这些人里面他认识的有五六个，他们都是有钱人，传闻他们在政治上另有所图。但是雅尼克先生从来不插手政治。他亲切友善地说："天哪，很高兴在这里见到库贝克先生和海勒先生。切里奥、费里，我想喝一杯。"

这群人里面有一个人吼叫道："这家伙怎么到这里来了？他是我们这边的吗？"

有两个人把雅尼克先生推到走廊里，其中一个问道："你怎么到这里来的？谁叫你来的？"

对方不友善的态度让雅尼克先生清醒过来。他愤怒地问道："我在哪里？你们究竟把我带到什么地方了？"

这两个人中的一个跑下楼去，朝司机猛扑过去。他叫嚷道："你这个蠢货！你在哪里接到这个家伙的？"

司机摆出防御的姿势，回答道："是在饭店门前。今天下午有人通知我晚上十点在饭店附近接一位先生并带到这里来。那位先生就是十点钟上了我的车的，而且他一句话都没跟我说，所以我就直接带他过来了——"

那个人高呼："天哪！他不是你要接的人。你可是给我们惹了一个大麻烦！"

雅尼克先生没脾气地坐在台阶上。他得意地说："啊，你们在开秘密会议，是吗？现在你想要掐死我然后毁尸灭迹吧？我们喝杯水吧！"

那两个人中的一个说道："听着，你弄错了。房间里的不是库贝克先生和海勒先生，明白吗？你完全弄错了。我们要把你送回布拉格。很抱歉，这是个误会。"

雅尼克先生大度地说："没关系。我知道那个司机会在送我回去的路上杀死我，然后把我埋在森林里。我不介意。我真是头蠢猪，居然忘记说地址，这下可好。"

那个陌生人略微松了一口气，问道："你喝多了，是吧？"

雅尼克先生说："是有点多。我和来自德累斯顿的迈耶先生一起吃的午餐。"他仍然坐在台阶上，开始介绍自己："我是雅尼克，做纸张和纤维制品批发生意。我那公司是个老字号，是我祖父成立的。"

陌生人说："你去睡一觉吧。等你睡醒，你甚至不会记得——呃，我们曾这样打扰过你。"

雅尼克先生威严地说："说得没错。你也去睡一觉吧。哪儿有床？"

陌生人说："你家里。司机会开车送你回家。让我扶你起来吧。"

雅尼克先生抗议道："我自己能行。我可没有你醉得厉害。你去睡觉吧！司机，送我去布本内奇。"

计程车驶向了回家的路。雅尼克先生的眼睛里闪烁着狡黠的光芒，他记住了他们带他去的地方。

第二天早上，他打电话给警察总局，讲述了他前一晚的奇遇。电话那头的人沉默了片刻，然后说："雅尼克先生，我们很重视这件事。不知您是否介意立马来警察总局一趟。"

雅尼克先生到了警察总局，接待他的有四个人，为首的就是那个高大、壮硕的男人。雅尼克先生只好又对他们讲述一遍所发生的事情和他看到的人。那个壮硕的男人补充说道："车牌号是NXX 705。这是一辆私家车。在雅尼克先生认出的六个人中，有三个我不认识。先生们，我现在要走了。雅尼克先生，请跟我来。"

在那个壮硕男人偌大的办公室里，雅尼克先生觉得自己非常渺小。那个男人一边思考一边沉重地来回踱着步，最后他开口道："雅尼克先生，首先我要跟你说，你不要对任何人透露这件事。这件事涉及国家机密，你明白吗？"

雅尼克先生沉默地点点头。他在心里默想，天哪，现在我究竟卷入什么麻烦里了？

壮硕的男人突然说："雅尼克先生，我不是要奉承你，但是我们真的需要你。你这个人很幸运。人们总是在谈论方法，但是一个侦探如果不是非常走运，就根本派不上什么用场。我们需要幸运的人。在侦察中我们本身就有锲而不舍的精神，但是也很重视侥幸成功的可能性。好了，你加入我们吧！"

雅尼克先生局促不安，他低声说："那我的生意怎么办？"

"你的合伙人可以打理。如果不能好好利用你的天赋，那可真是遗憾。好了，你怎么想？"

不幸的雅尼克先生结结巴巴地说："我——我得仔细考虑一下。一周之内我会来见你……我是不是真的能胜任……现在我还说不好。我会再来的。"

壮硕的男人说："好吧。"他重重地握了下雅尼克先生的手，又说："你不用怀疑你自己。再见！"

在这一周结束之前，雅尼克先生又来到警察总局。他笑容满面地说："嘿，我来了。"

壮硕的男人问道："你下定决心了吗？"

雅尼克先生松了一口气，说道："我想我决定了。我来这里就是告诉你不行，我不适合干这份工作。"

"胡说八道。为什么不行？"

雅尼克先生笑呵呵地说：“你看啊，我雇的经理过去五年一直在偷窃我的财产，我却从来没有察觉。你看，我有多蠢啊！你说我会做一名优秀的侦探，是吗？天哪！五年来我一直跟一个骗子过从甚密，但从没看穿他。所以你能看得出我当侦探派不上什么用场吧。而且这件事让我变得特别焦虑。啊！我很庆幸这事没有结果。好啦，我想我得全身而退，是吧？非常感谢！”

赛尔文案件

老伦纳德·乌登拥有伟大诗人、诺贝尔奖得主等众多头衔。他回忆着过去，说道："嗯，我最大的成功，我的意思是，给我最大满足感的成功——年轻的朋友们，人们到了我这个年纪就不会对荣誉、喝彩、女人及其他疯狂的事情感兴趣了，如果他们自己已成为陈年往事多年，就更是如此。年轻人却要享受这一切，如果没去享受就是犯傻。唯一的问题是，人们年轻的时候没钱享受。人生真应该反过来；一开始就应该处于老年期，勤恳地做许多有益的工作，因为这时候做别的事情都不合适；之后才是青年期，这样才能享受漫长人生的丰硕成果。你们看，老人家说话就是这样东拉西扯。我要说什么来着？对了，我最大的成功。好，我来告诉你们：我最大的成功不是我任何一个剧本，也不是我任何一部著作，虽然我的著作曾经真的很火。但这些都不是，我最大的成功是赛尔文的案子。

“当然，你们肯定不知道这是怎么一回事。这是二十六年前——不，是二十九年前的事情了。没错，二十九年前的一天，天气晴朗，一个瘦小的白发老太太来找我。

“我这个人一向谦恭有礼，这一点广受赞誉。在我礼貌地开口询问她之前，她扑通一声跪倒在我面前，放声大哭。我不知道这是怎么回事，但看着女人哭，我真是于心不忍。

“我安慰这位老太太，她稍微平静了一些后对我说：‘您是诗人，我求您，看在都是诗人的份上，救救我的儿子吧！您肯定在报纸上看到过有关弗兰克·赛尔文的新闻——’

“我想我那时候看起来一定像个长着胡子的婴孩。虽然我看过报纸，但我丝毫没有留意有关弗兰克·赛尔文的新闻。尽管如此，从她的哭诉中我了解到了一些情况：弗兰克·赛尔文是她的独子，二十二岁，不久前因谋杀和企图盗窃他姑妈苏菲的财产而被判处劳役监禁终身。让陪审团觉得情节更严重的事情是，他拒不认罪。

“赛尔文太太一边痛哭一边说：‘但是他是清白的。我向您发誓，他真的是清白的。在那个可怕的晚上他对我说：妈妈，我头痛，我要去外面走走。因此他没有不在犯罪现场的证明。那个晚上谁会注意到这么一个小伙子呢，哪怕只是碰巧看到他？我家的弗兰克是个莽撞的孩子，但是您也年轻过。想想看，他才二十二岁啊！他们怎么能这样毁掉一个年轻人的一辈子？’

“她还说了许多许多。我跟你们说，如果你们看到那位满头白发、心痛欲绝的母亲，你们就会觉得最折磨人的事情之一是同情你无力帮助的人，而我当时就是这种感觉。不管怎样，我还是向她许诺说我会不遗余力地帮她，直到弄清真相。同时我也表明我相信她的儿子是清白的。当那位可怜的老妇人开始为我祈祷时，我只差没在她面前跪下了。你知道吗？当别人感激你就像感激神灵一样时，你看起来就像个傻子。

“也好。从那时候起我就全身心扑在弗兰克·赛尔文的案子上面。当然，首先我仔细阅读了审讯的报告。我告诉你们，我从来没有见过这么草率的审讯。这件事就是一个彻头彻尾的丑闻。其实这个案件本身不复杂：一天晚上，苏菲姑妈的佣人，即现年五十岁且有智障的安妮·索拉听到苏菲姑妈的房间里有脚步声。她去看为什么她的女主人还没有睡觉，进入卧室时她看到窗户敞开着，并瞥见一个男人的身影从窗户跳到花园里去了。她拼命叫喊，当邻居们提着灯赶来时，他们发现苏菲躺在地板上，已被人用她自己的手帕勒死。苏菲放钱的衣柜已被砸开，一些亚麻布四处散落，但钱还在原处。显然那时候佣人干扰了凶手的行动。这就是这个案子的情况。

“第二天弗兰克·赛尔文就被捕了。好像佣人记住了跳窗户的那个年轻人的长相。警方已经查明赛尔文那个时候并不在家，他是半个小时之后才回家的，一回家就直接上了床。此外还发现这个年轻人负债。还有某个嘴碎的老太婆出来添乱，说案发之前，苏菲姑妈曾私下跟她说自己的侄子弗兰克曾来找她借钱。顺便说一下，苏菲姑妈是个相当吝啬的人。当她拒绝借钱时，弗兰克说：你留点神，会有让人们震惊的事情发生。事情就是这样，弗兰克被卷进去了。

“现在来说说审讯。审讯从开始到结束持续了一天。弗兰克·赛尔文只是说他是清白的，他散步后就直接回家睡觉了。审讯中没有盘问证人。弗兰克的辩护律师没有收取律师费，因为赛尔文太太付不起。这位律师是个随和的老糊涂虫，他只知道说这位莽撞的当事人太年轻，还泪汪汪地恳求陪审团的好心人放过当事人一马。检察官也是草草了事，他指出就在审弗兰克·赛尔文的案子之前陪审团已经无罪释放两名犯人。他质问道，如果每一宗罪行都因陪审团的宽松和仁慈而得不到应有的惩罚，那这个社会是不是就完蛋了？陪审团似乎对这番说辞很敏感，试图证明不会有人会投诉他们宽松和仁慈。所以他们以11比1的投票结果裁决弗兰克·赛尔文谋杀罪成立。这就是整个案子的经过。

“现在我告诉你们，当我弄清楚这些细节时，我真是绝望透顶。虽然我不是律师，或者说恰恰因为我不是律师，所以这件事简直让我怒不可遏。你们看啊，原告证人有智障，不仅如此，她都快五十岁了，明摆着快到更年期，在这种情况下，她说的话不是那么可信。她是在晚上看到跳窗的人的影子的；后来我发现，当天晚上很暖和，但天色很暗，所以她根本不可能看清那个人。在黑暗中并不能准确辨识一个人的身高，对此我自己认真做过试验。更糟糕的是，这个女人讨厌弗兰克·赛尔文这个小伙子，而且她的这种厌恶简直到了歇斯底里的地步，而原因是弗兰克曾经取笑过她，在她看来那是一种极大的侮辱。

“还有一点，苏菲姑妈不喜欢她的妹妹，也就是赛尔文太太，实际上她们彼此不说话。那个老女佣曾给弗兰克的母亲起过各种各样的诨名。如果苏菲姑妈说弗兰克曾经威胁过她，那也许是这个老女佣为诋毁弗兰克的母亲而在苏菲姑妈面前讲的坏话。说到弗兰克，他是一个资质平庸的年轻人。他在某个公司做职员，有一个女朋友，他为女朋友写过一些肉麻的信件和糟糕的诗句。他负债也不是由于他自己的过错，为此他变得非常脆弱，开始酗酒。他的母亲是个可怜的女人，但也是好人的典范。她罹患癌症，贫穷和不幸的遭遇更是让她的生活雪上加霜。这就是我做过进一步调查后所了解的情况。

“当然，你们不知道当时处于全盛时期的我是怎么样的。只要我发起脾气来，任谁也拦不住。后来我给报纸写了一系列题为《弗兰克·赛尔文案件》的文章。我逐条说明那些证人有多么不可信，尤其是原告证人。我分析了明显的矛盾之处以及某些带有偏见的笔录供词，证明了认为原告证人能认出罪犯有多么荒唐，还指出法官不称职的表现以及检察官不文雅的煽动之辞。但是我认为这么做还不够。我动真格了，开始攻击整个司法行政体系、刑法典、陪审制度以及无情和自私的社会秩序。别问我这引起了多么大的反响。那个时候我已经是个名人，年轻人都站在了我这一边。事实上，一天晚上在法院门前还举行过一次有秩序的示威活动。后来赛尔文的辩护律师急匆匆地跑来见我。他认为我犯了严重的错误，因而心乱如麻。他说他已经对判决提起上诉，赛尔文一定会减刑，改判为数年的监禁。但是现在上诉法院不可能向民众屈服，因而会驳回他的上诉。我跟这位值得尊敬的律师说，我不只关心赛尔文的案子，我还要维护真理和正义。

“赛尔文的律师预料得没错。上诉被驳回了，但法官被迫退休。哎呀，接下来我就发起更猛烈的攻击。我告诉你们，即使在今天，我仍然认为当时我的所为是一场神圣的正义之战。噢，你们可以自己去看，从那时候起已施行了多项改革，你们必须承认我有那么一点儿功劳。当时全世界许多报刊都报道了赛尔文案件。我曾在酒吧给工人演讲，也曾在国际会议上面对各国代表团发表讲话。

“在那个时候，‘改判赛尔文案件’就像‘杜绝战争’、‘争取妇女选举权’等国际性口号那样流行。赛尔文的母亲去世时，有一万七千人跟着那位干瘦老太太的灵柩为她送行。在她下葬之前，我做了一番对我而言空前绝后的演讲。你们知道吗？灵感是一种神秘而奇妙的东西。

“这场战役持续了七年，它是我成功的因素。为我赢得世界声誉的不是我的著作，而是赛尔文案件。我知道，我有‘良知代言人’、‘真理骑士’等这样或那样的名头。这些东西中会有一部分留在我的墓碑上。毫无疑问，在我死后，学校读本会传颂伦纳德·乌登的真理之战，这样的传颂会持续十四年左右，再往后恐怕就没有人记得这件事了。

“在这场战役的第七年，原告证人安妮·索拉去世。她在去世之前说了一番话，她泣不成声地承认了自己的良心不安。她说她曾在审讯中做了伪证，其实她并不能确定那个跳窗的杀人犯就是弗兰克·赛尔文。好心的牧师把这些话告诉了我。那个时候我更老道了一些，所以没有在报刊上披露这件事情，而是把那位善良的牧师带到司法当局。还不到一周就有指令下来说要重审弗兰克·赛尔文。还不到一个月就安排了新的陪审团来审理弗兰克·赛尔文案件，最有名望的律师免费为赛尔文辩护，将诉状驳斥得体无完肤。检察官建议陪审团宣判弗兰克·赛尔文罪名不成立，陪审团最终也一致判决弗兰克·赛尔文无罪。

“是的，这就是我一生中最伟大的胜利。我的其他成功都不能让我这般喜悦，同时又带给我一种空落落的感觉。实话说，我开始想念赛尔文的案子，它在我的心里留下了一个缺口。那天审讯结束后，佣人过来告诉我说有位先生想跟我谈谈。

“那位先生站在门口对我说：‘我是弗兰克·赛尔文’。当时我觉得——我不知道该怎么形容，但是我是有那么一点儿失望的，这位赛尔文先生看起来就像个——嗯，像个人工草皮代理商，身材相当粗壮，脸色苍白，而且已经开始谢顶了。他大汗淋漓，显得再平庸不过。他身上还有啤酒味。

“弗兰克·赛尔文口齿不清地说：‘伟大而杰出的艺术家（想想看，他称为我‘伟大而杰出的艺术家’，我简直想踢他一脚！），我来感谢您，您是我最大的恩人。’他好像把他说的话背熟了。‘我一辈子都欠您的。所有感谢的话都不足以表达我对您的感激——’

“我急忙对他说：‘不用客气，那是我的责任。当我确定法院误判你的案子时——’

“弗兰克·赛尔文摇了摇头。他悲伤地说：‘不，先生，我不能对我的恩人说谎。我的确杀了那个老太太。’

“我大声喊叫：‘我的天哪！那你到底为什么不在法庭上这么说？’

“弗兰克·赛尔文带着责备的神情盯着我。他说：‘不，先生，我有权这么做。被告有权不认罪，不是吗？’

“我不得不说这件事太让我震惊了。

“我对他喝斥道：‘那你现在想让我怎么样？’

“‘我只是来感谢您的崇高慷慨。您还在争执中站在了我可怜的老母亲一边。上帝保佑您，崇高的诗人！’赛尔文先生说这些话时不胜悲哀，很明显他认为这是他应有的恰当的情绪。

“我大发雷霆，对他吼叫道：‘滚出去！’那个家伙一溜烟跑下楼去。三个星期过后，他在街上拦住我。他有点醉了。我无法摆脱他，我很长时间都没弄明白他到底想要什么，直到他硬拖住我向我解释。他说我把事情搞砸了，如果我没有写关于他的案件的文章，那上诉法庭会准许他的律师申诉，而他也不会白白在大牢里待七年。他说我至少应该考虑一下他悲惨的处境，对此我是有责任的，因为我干涉了他的审讯。为了堵住他的嘴，我只好塞了点钱在他手里。赛尔文两眼泪水汪汪，最后对我说了一句：‘感谢您的仁慈，愿上帝保佑您。’

“第二回他找上我就更有胁迫的意味。他说我之所以能获得世界声誉都是因为他的案子。我就是靠了他才赢得声望，为什么他就应该一无所获？我完全说服不了他，他始终认为我对他有亏欠。我只好给他更多钱。

“从那以后，他越来越频繁地找我。他会坐在沙发上，感叹自己一直后悔杀死那个老太太。他沮丧地说：‘我打算自首，但是这会让你相当难堪。我仍然不知道还有什么办法能让我的内心得到平静。’我告诉你们，他的这些忏悔真够厉害的，我一直给他钱，他就一直在我面前忏悔。最后我给他买了一张去美国的机票。他是否在那里得到内心的平静就不得而知了。

“好了，这就是我一生中最大的成功。年轻的朋友们，当你们给伦纳德·乌登写讣告时，就写‘赛尔文案件让他名垂青史’诸如此类的话吧！我永远感谢他。”

欧普拉特卡的结局

凌晨三点，警察克雷奇克看到位于耐克兰诺瓦街17号的一家面包店开了一半卷帘铁门。虽然他并不当值，但还是走过去按响了门铃，并从开了一半的卷帘铁门往里看店里是否有人。这时候一个男人从店里冲了出来，近距离朝克雷奇克的腹部开了一枪，然后逃走了。

警察巴托斯此时正在他负责的巡逻区域耶诺尼幕瓦街巡逻。他听到了枪声后立马朝声音传来的方向跑去。在耐克兰诺瓦街的街角，他几乎就要迎面撞上那个逃犯，但是在他喊出“站住”之前，枪声又响了。警察巴托斯受了致命伤，轰然倒地。

现在刺耳的警哨声响彻整条街：整个地区的骑警巡逻队疾驰而来，警察局派遣的三个人火速赶到现场，他们一边跑一边扣着紧身短上衣的纽扣。过了几分钟，警察总局的一辆车隆隆驶向这条街，一名警官从车上跳了下来。此刻警察巴托斯已经死亡，而克雷奇克捂着腹部，也奄奄一息。

截至当日午前，已逮捕大概二十人。人是胡乱抓的，因为没人见过凶手。但是一来警察局怎么也得替两名警察报仇，二来在这种情况下通常都是这么干的。警察局推想，如果运气够好，没准这些被逮捕的人之中就有他们要找的人。在警察总局，盘问正在没日没夜地进行。那些有犯罪前科的人脸色苍白，疲惫不堪。没完没了的盘问把他们折磨得痛苦难安。盘问结束后，他们被移交到几个警员手上。一想到接下来可能要发生的事情，他们更是害怕得浑身发抖。整个警队都激荡着隐秘而可怕的愤怒。杀害警察巴托斯的凶犯扰乱了职业警察与职业罪犯之间那种相当自由而宽松的关系。如果他只是开了枪也不算什么，但是连射杀动物也不会朝腹部开枪。

到了第二天的深夜，连巡逻区最远的警察都知道了是欧普拉特卡作的案。这是由一个被逮捕的嫌疑人讲出来的：没错，瓦尔塔讲了欧普拉特卡在耐克兰诺瓦街对两名警察做了些什么，而且他还会解决另一个没死的，他会这么干的。这对他来说无所谓，因为他得了结核病。就是这样，是欧普拉特卡干的。

同一天晚上瓦尔塔被捕，接着欧普拉特卡的女友和他团伙的三名成员落网。但是他们都说不出或不愿说欧普拉特卡在哪里。警察局派出众多警察和便衣追踪欧普拉特卡的下落，除此之外，每个警察在下班后就会立马回家将一杯咖啡一饮而尽，与妻子说完几句话之后，就又振作精神开始主动搜寻欧普拉特卡的下落。当然，每个人都认识欧普拉特卡，他是个面色铁青、脖子干瘦的小矮子。

警察维扎尔晚上9点下班，他急匆匆换上便服，跟妻子说他要去街上看看。当晚11点，他在天堂花园附近看到一个骨瘦如柴的男人，黑暗中完全看不清他的面目。警察维扎尔虽然下班了，也没有带枪，但是他还是走近了一些想瞧个仔细。当他走到离那个人3码（约2.7米）远的地方时，那个人将手伸进口袋，朝维扎尔的腹部开了一枪之后立马逃走。警察维扎尔捂着腹部追他，在跑了100码（约90米）之后终于倒在地上。但是这时候已经响起尖锐的警哨声，有很多人都在追赶那个逃犯。从丽格公园后面传来几声枪响，一刻钟过后，几辆载着警察的汽车向济之科夫区疾驰而去。而在那一刻钟之内，成员人数在三到四人的几支巡逻队已悄悄穿过正在施工中的建筑。时间接近凌晨一点，欧莎妮池塘后面传来“砰”的一声枪响，有人一边跑一边朝一个年轻人开了一枪，但是没有击中。被追击的年轻人刚刚与他的女朋友分开，正走在回家的路上。凌晨两点，一群警察和侦探将一个堆着废弃干燥炉的垃圾场包围起来，并渐渐缩小包围圈。此时天空下起毛毛雨。快天亮的时候，有传闻说在马里希策有人朝收费亭的收费员开了一枪。收费员起先追赶开枪的人，后来转念一想，这不是他该干的事。很明显，欧普拉特卡已经逃到荒郊野外去了。

六十个戴着头盔或圆顶帽的人从堆着废弃干燥炉的垃圾场返回，他们一个个都像落汤鸡，心里窝火之极，简直想要痛哭一场。天啊，这真是让人气得发疯。这个暴徒已经杀害了巴托斯、克雷奇克、维扎尔三名警察，但是现在他正一步步陷入宪兵的控制。穿着制服或便服的警察心里想：我们有优先要求权，现在居然要我们把欧普拉特卡那个可恶的矮子交给宪兵来处理。喂，他朝我们的人开枪，抓他是我们的工作，难道不是吗？我们不想让那帮宪兵插手，他们应该做的事情就是拦住他，让他回不了布拉格。

这一整天都下着冰冷的小雨。在黄昏就要来临的时候，一位名叫马拉泽克的宪兵正在前往皮舍利的路上，他从切拉切尼来，此行的目的是给他的无线设备购买电池。在路上他看到前面有一个小个头的人，本来这也没什么特别的，但是那个人突然停下脚步，好像不确定要往哪里走。马拉泽克自言自语道：“这个人会是谁呢？”就在那一瞬间他看到火光一闪，然后翻滚在地。

不必说，当晚整个区的宪兵队进入警戒状态。霍扎特科上尉对这个奄奄一息的宪兵说：“听着，马拉泽克，你不必为这件事操心了。我向你保证我们一定会抓到那个恶棍。那个叫欧普拉特卡的家伙，我赌定他现在要去索比斯拉夫，因为那里是他的出生地。天知道为什么这些人在快完蛋的时候要回故乡。好了，伙计，把你的手给我。我向你保证我们会用一切方法来制服他。”瓦茨拉夫·马拉泽克努力挤出一个笑容。他在想他的三个孩子，但是随后他在想象中看到四处都是宪宾，他们走得越来越近……也许切尼科斯特尔的托曼也在里面……沃提策的扎瓦达肯定也在……萨扎瓦的娄赛克也在，这些人都是他的挚友……瓦茨拉夫·马拉泽克心想，多么美好的画面啊，这些宪兵都一起出现了。他最后笑了一次，然后就是无法忍受的痛苦。

但是那天晚上的情况是这样的：沃提策的扎瓦达中士认为搜查从贝内绍夫驶来的夜间列车是个好办法，没准欧普拉特卡就在里面。天哪，他会冒险乘坐火车吗？车厢里的灯光忽明忽暗，乘客们在座位上打瞌睡，他们蜷成一团，就像疲惫的动物。扎瓦达中士从一节车厢走到另一节车厢，他心里想，我到底怎样才能认出一个我从没见过的人？就在这个时候，离他1码（约0.9米）开外的一个帽子遮住眼睛的人突然跳了起来，然后传来一声巨响。中士在狭窄的走廊上，在他将来复枪从肩膀上解开之前，那个骨瘦如柴的人已经手持左轮手枪逃了出去。在扎瓦达中士在车厢走廊上倒下之前，他只来得及喊出一句：“拦住他!”

此时那个人已经跳出了车厢，正在往货车的方向奔去。有个名叫赫鲁萨的铁路员工拿着一盏提灯走着，他自言自语道：“嗯，26号列车一走，我就去灯具修配间躺一会儿。”这时候他碰到一个男人。老赫鲁萨阻止那个人穿过轨道，此外并没有说什么废话，这么做只是凭本能。然后他看到火光一闪，接下来便人事不知了。在26号列车驶离之前，老赫鲁萨就已经躺在了灯具修配间里，但是他是躺在一块木板上，前来看望他的铁路员工都脱帽默哀。

有几个人气喘吁吁地追赶那个逃走的人，但是太迟了。这个时候他肯定已经穿过铁轨逃到荒郊野外去了。但是从那时起，恐慌就从那个灯光忽明忽暗的列车站以及那群受惊吓的人们那里扩散开来，广大农村地区都笼罩在极度的恐慌之中。人们躲在自己的农舍里，简直不敢出门。有传闻说在某个地方有人看到一个长相可怕的陌生人，有人说他是个形容枯槁的瘦高个儿，也有人说他是个穿着皮衣的矮子。一名邮差看到一个人躲在树后面；公路上有一个人示意运货马车车夫莱贝达停下车来，但是莱贝达挥鞭就把马车赶走了。还有一件真事，一个形容憔悴的人拦住一个去上学的小孩，抢走了孩子装着一片面包的小书包。那个人气喘吁吁地说“把那个给我”，然后他就拿着面包跑了。知道这件事情之后，村民们都上了门闩，害怕得连大气也不敢出。他们最多也就只敢将鼻子贴在窗玻璃上，内心充满疑惧地望着外面阴郁而凄凉的乡村。

但是此时宪兵队又要开始进行一次集中行动。每个地方都派来了两三个宪兵，天晓得这些人都是从哪里来的。霍扎特科上尉对一名来自恰斯拉夫的宪兵大声说道：“天啊，你来这里干什么？谁派你来这里的？你认为我需要调用波希米亚地区所有的宪兵来抓区区一个持枪歹徒吗？嗯？”那名来自恰斯拉夫的宪兵取下头盔，尴尬地挠着脖子。他带着祈求的眼神说道：“呃，长官，扎瓦达是我的朋友，如果不让我参与这次行动就不合理了，对吧？”上尉咆哮道：“你们这些混蛋，说的话都是如出一辙。已经有大概五十名宪兵不守秩序地到我这儿来报到——我该怎么安排你？”霍扎特科上尉恶狠狠地用牙齿咬着自己的小胡子，继续说道：“好吧，你负责从这条公路十字路口到森林的区域。去告诉从贝内绍夫来的沃德里奇，你与他换班。”这名来自恰斯拉夫的宪兵发表意见道：“不行啊，长官。您瞧，长官，沃德里奇不会同意跟我换班的，这是理所当然的事，不是吗？如果我负责森林的边缘到另一条路就更好了——谁在那里当值？”上尉吼叫道：“那里有维赛尔卡来的赛梅拉德负责。听着，恰斯拉夫来的家伙，你给我记牢了：如果你发现可疑的人，无须警告就可开枪，责任由我来担。不要犹豫不决，明白了吗？我不允许我的人中枪。好了，现在你走吧。”

接着火车站站长走过来说：“长官，又有三十个人到了。”“三十个什么人？”站长说：“当然是铁路员工。您瞧，这都是为了赫鲁萨。赫鲁萨是铁路员工，所以他们也来为您出一份力。”上尉叫喊道：“送他们回去。我不需要老百姓参与。”站长不自在地将身体重心从一只脚移到另一只脚。他缓和地说：“您瞧啊，长官，他们是从布拉格和梅兹莫斯提赶过来的。他们这样团结是一件好事。他们现在认定欧普拉特卡杀害了他们中的一员。他们有权利采取行动吧！所以长官，如果我是您，我就会帮他们一把，让他们参与行动。”

霍扎特科上尉咆哮着说但愿他们别再烦他了。在那一天之中，大包围圈逐渐缩小。那天下午，最近的警备司令部打电话来问是否需要军事增援。上尉无礼地呵斥道：“不需要，这是我们的工作，不干别人的事。”此外，还有一些秘密警察从布拉格赶来，中尉与他们之间爆发了激烈的争吵，后来就干脆下令军士长送他们去火车站。

赫鲁伯警官怒吼道：“什么，你要我们回去？他杀了我们三个兄弟，而你们的人才死了两个，你们这些蠢货！我们比你们更有资格负责抓捕他，你们这些戴着钢盔的傻帽！”这场争吵才刚刚停下来，又有宪兵和猎场看守人在另一边吵了起来。宪兵怒斥道：“别挡我们的道，这不是猎兔子。”猎场看守人说：“你们赶紧走。这是我们的森林，我们有权在这里，难道不是吗？”来自萨扎瓦的娄赛克做起了调解，他说：“行啦，伙计们，别犯傻了，这是我们的工作，没有人可以干涉。”猎场看守人反驳道：“那是你说的。那个人从一个小孩那里抢走面包，而那个小孩正是猎场看守人忽勒卡的女儿。这事我们不能就这么算了，就是这样。”

到了晚上宪宾布下了包围圈。夜幕降临之时，每个人都听到自己身旁的人粗重的呼吸声，以及脚踩在泥地上发出的咯吱声。“站住！”这些人像报数一样依次快速喊出这个词。“不要动！”此刻的寂静显得既沉重又可怕，黑暗中只能不时听到这片区域的中央有干枯树叶碰撞摩擦的声音，还有沙沙的雨声，咯吱咯吱的踩踏声，以及来复枪或皮带发出的锵锵金属碰撞声。时间已接近午夜，黑暗中有人叫喊道：“站住！”然后开了一枪。此刻传来一种奇怪的摩擦声，然后响起大约30次沉闷的枪击声。他们都朝那个方向跑去，但是另外一个人叫喊道：“往后退！所有人都不要动。”他们有秩序地往后退，包围圈再次形成。但是直到现在他们才完全意识到他们要抓的人藏身在黑暗中，他已经走投无路，他们随时准备发起猛攻。他们每个人都无法抑制地战栗起来。豆大的雨滴打在地面上就像很轻的脚步声。天啊，要是能看见东西就好了！上帝啊，如果有光就好了！

天空开始出现朦胧的曙光。每个人都试着辨认身旁的人的轮廓，他们为彼此贴得这么近而大为惊异。渐渐地，他们能看清包围圈中间那片茂密的灌木丛或杂木林的轮廓（那是打野兔时藏身的地方），但是那里太安静，简直无一点声息。霍扎特科上尉焦躁地扯着他的小胡子，他心里想：该死的，我们还得等，否则——

赫鲁伯大声说："我要去那边看看。"上尉轻蔑地哼了一声。他转向离他最近的几个宪兵，说道："你们去。"于是五个宪兵朝灌木丛奔去。灌木丛中传来"咔嚓"一声响，那是树枝断裂的声音，突然一切都静止了。霍扎特科上尉对宪兵叫喊道："站在原地不动。"然后他自己慢慢朝灌木丛移动。接着灌木丛中冒出一个宪兵宽阔的背影，他拖着一具蜷作一团的尸体，帮忙抬脚的是一个留着海象式八字胡的猎场看守人。他们身后的霍扎特科上尉皱着眉头，脸色蜡黄，从灌木丛中走了出来。他抹了一下前额，气喘吁吁地说："把他放在这儿。"他环顾四周，发现宪兵们很惊诧，队伍也排得不整齐了。他的眉头皱得更紧了，大声吼道："你们在看什么？解散!"

宪兵们带着困惑散乱地朝树篱边那具瘦弱、蜷缩的尸体走去。那正是欧普拉特卡。袖子里伸出来的手臂骨瘦如柴，干瘦脖子上那张瘦削而铁青的脸被雨水浸透——天哪，不幸的欧普拉特卡，他真是矮小得可怜！啊，他的背后中了枪，一只耳朵后面有一个小伤口，还有这里……他中了四、五、七枪。跪在尸体旁边的霍扎特科上尉站了起来，他不快地清了清嗓子，然后心神不安地、几乎是胆怯地抬眼看。他面前的宪兵排成一长排，他们肩负来复枪，刺刀闪闪发亮。天哪，这些身材魁梧的宪兵就像坦克一样，他们横着站成两行，控制着呼吸，如同在参加检阅。另一边是黑压压一群秘密警察，他们一个个矮矮胖胖，左轮手枪把口袋塞得鼓鼓囊囊。穿着蓝色制服的铁路员工健壮结实，坚忍不拔。

穿着绿色衣服的猎场看守人强壮有力，他们留着络腮胡子，身材瘦高，面色砖红。上尉的脑子里突然冒出一个想法：啊，这场面真像一场葬礼。他们排成一个方阵，好像准备鸣礼炮一样。霍扎特科上尉咬着嘴唇，他的情绪不受理智的控制，居然觉得悲痛起来。那个小矮子僵直地躺在地上，就像一只被子弹打成蜂窝的乌鸦，而猎手们都在这里。上尉咬牙切齿地喊叫道："该死的！你们就不能找个麻布袋之类的东西吗？把尸体清理走！"

在场的大约两百个人开始四散离去。他们之间没有谈论欧普拉特卡，只是抱怨糟糕的路况。面对别人的提问，他们会绷着脸低声说："是的，他死了，我们已经受够了。"有一名宪兵负责留下来看守已被覆盖起来的尸体，他对在周围徘徊的乡民厉声吼叫道："你们想干什么？这里没什么好看的，与你们不相干。"

在这片区域的边界，来自萨扎瓦的宪兵娄赛克吐了一口唾沫，说道："这该死的烂天气！说起来这次行动完全没我什么事儿。天哪，老实讲，我只希望是我一个人亲自抓到欧普拉特卡那个家伙！"

农场凶杀案

法官说：“刑事被告起立。你被控谋杀你的岳父弗朗齐歇克·莱贝达；在初审中你承认故意用斧头在他的头部敲击了三下，蓄意杀害他。那么现在，你是否认罪？”

那个农民好像被辛苦的劳动弄得筋疲力尽，他一边颤抖一边出声地吸气。

他低声说：“我不认罪。”

“你杀了他吗？”

“是的。”

“那你是否认罪？”

“不。”

法官极有耐心，他说：“听着，翁德拉切克，有证据表明你曾经试图毒害他，你在他的咖啡里投了老鼠药。这是不是事实？”

“是的。”

“这证明你杀他是蓄谋已久。你明白我的意思吗？”

这个农民看起来糊里糊涂，他呼哧地吸气并耸了耸肩。他结结巴巴地说：“这全都是因为那些苜蓿。他把苜蓿卖了，我跟他说过：‘爸爸，你别动那些苜蓿，我准备买几只兔子——’”

法官打断他说：“等一下，那是他的苜蓿还是你的苜蓿？”

被告含糊不清地说：“啊，是他的。但是我跟他说过：‘爸爸，无论如何你把你种了苜蓿的那块地留给我。’但是他却说：‘我死了后，这块地是你老婆玛什卡的，到那时候你想怎么弄就怎么弄吧，你这个贪婪的吝啬鬼。’”

“那么这就是你要毒害他的原因吗？”

“嗯，是的。”

“因为他侮辱你了？”

“不是。这都是因为那块地。他说他打算卖掉那块地。”

法官大声喊叫：“但是这是他的地，难道不是吗？他为什么不能卖？”

翁德拉切克不满地盯着法官，解释道：“嗯，我买了那块地旁边种着土豆的一小块地，这样有一天它就可以和那块地合并在一起了。但是他说：‘我才不管你的地呢！我要把我的地卖给尤达尔。’”

法官说：“所以你们两个关系处得不好。”

翁德拉切克沮丧地说："嗯，是的。这全都是因为那只山羊。"

"什么山羊？"

"他把我的山羊的奶给挤光了。我跟他说：'爸爸，别碰那只羊，要么你把河边那片牧场给我们。'但是他把牧场租出去了。"

一位陪审员问道："那他把租金拿去做什么了？"

被告不高兴地回答道："啊，他当然是把租金放在钱柜里了。他说：'等我死了，钱就归你。'但是他死不了，他都活到七十多岁了。"

"照你这么说，你们之间不和全是你岳父造成的？"

翁德拉切克慢吞吞地说："是的。他从来不给别人任何东西。他说：'我活着的时候要亲自打理自己的东西，把烟丝装上抽两口吧。'我对他说：'爸爸，如果你买一头牛，我会耕那块地，你不一定非得卖那块地。'但是他说：'等我死了，如果你乐意，你可以买两头牛。但是我现在要把我的地卖给尤达尔。'"

法官严厉地说："听着，翁德拉切克，你杀他难道不是为了钱柜里的钱吗？"

翁德拉切克固执地说："那是买牛的钱。我们合计好了，等他死了我们就要买一头牛。农场里不能没有牛，是吧？要不然哪里来的粪肥？"

在场的检察官打断道："刑事被告，我们不关心牛，只关心人命。你为什么杀害你的岳父？”

“全都是因为那块地。”

“这等于没有回答。”

“他想卖了那块地——”

“但是他死后卖地的钱就归你了，都是一样的。”

翁德拉切克怒气冲冲地说：“是的，但是他死不了。法官阁下，如果他死了，我也不会做任何伤害他的事情。”他转向公众席，继续说道：“全村的人都能证明我待他如同我的亲爹，是吧？”法庭的公众席有一半村民都在场，席间传来了他们表示赞同的低语声。

法官严肃地说：“好吧，这难道是你要毒害他的原因吗？”

被告低声说：“毒害他？他就不应该把苜蓿卖掉。法官阁下，所有人都会跟你说应该把苜蓿留下来。这可不是经营农场的法子，是吗？”

法庭里有人低声表示赞同。

法官吼叫道：“看着我，刑事被告，否则我就让你的朋友们从法庭出去。告诉我们你杀人的经过。”

翁德拉切克开始从容地讲述：“嗯，那天是星期天，我看见他又在与尤达尔谈话。我对他说：‘爸爸，你不能把那块地卖了，那样的话我就得不到它了。’但是他说：‘我没打算问你的意见，你这个乡巴佬。’所以我对自己说，是时候做点什么了。于是我去砍了一些木材。”

“你用的就是那把斧头吗？”

“是的。”

“继续讲。”

“那天晚上我对我老婆说：‘你把孩子们带到姨妈家里去。’她当时就哭了。我说：‘别哭了，我会先跟他谈一谈。’之后他来到棚屋，对我说：‘这是我的斧头，把它放在这儿！’我跟他说他把我的山羊的奶都挤光了。然后他企图从我手中抢走那把斧头。于是我抡起斧头打了他。”

“为什么？”

“全都是因为那块地。”

“那你为什么敲击了他三下？”

翁德拉切克耸了耸肩。“法官阁下，像我们这样的人做事情都十分卖力。”

“然后呢？”

“然后我躺了下来。”

“你睡觉了吗？”

“没有。我在想买一头牛要花多少钱，我还想着要用牧场去换路边的那块地。这样我的地就能连成一片了。”

“难道你没有良心不安吗？”

“没有。我担心的是那些地不能连在一起。牛栏要修理一下，这也要花一大笔钱。唉，我的岳父从来没用过两轮车。我以前跟他说过：‘爸爸，但愿上帝饶恕你的罪恶，但是这样真不是经营农场的法子。’两块地应该连在一起，如果没连在一起真是可惜。”

法官怒喝道：“但是你对这位老人没有一点怜悯之心！”

被告结结巴巴地说：“他要把那块地卖给尤达尔。”

“因此你再次谋杀他。”

翁德拉切克愤愤不平地反驳道：“不，我从来没有谋杀他。这都是因为那块地。如果几块地能连在一起——”

“你认罪吗？”

“我不认罪。”

“杀害一个老人对你来说无所谓吗？”

翁德拉切克急得快哭了，他大声呼喊道：“但是我一直跟你说都是因为那块地。这不是谋杀！天哪，所有人都应该懂的。你听我说，法官阁下，这是家务事。我不会对一个陌生人这么做。”翁德拉切克悲痛地哽咽道：“我从来没偷过东西。他们抓我就像抓小偷一样，他们把我当小偷。”

法官悲哀地说：“不，你不是小偷，但是你杀害了你的岳父。你知道你会被判死刑吗？”

翁德拉切克擤擤鼻子，呼吸急促有声。他无可奈何地说：“这都是因为那块地。”诉讼按程序进行着：先是发表证词，然后是控方和辩方发言。

当陪审团退出去讨论如何给翁德拉切克定罪时，法官若有所思地看着窗外。

法庭书记员抱怨说："从各方面来看，这是一次无效的庭审。检察官没有完全放开讲，辩护律师也没有什么话。事实上，这个案子一清二楚，所以也不必多讲。"

法官用鼻子哼了一声。他不耐烦地说："一清二楚的案子。瞧啊，这个人觉得自己跟你或我一样有理。在我看来，我好像要给宰牛的屠夫判刑，或者给堆出田鼠丘的田鼠判刑。我告诉你，有时候我觉得这事跟我们根本没关系，这无关法律或正义。哎！"他叹了口气，脱下法官袍，"我必须把这件案子搁下歇会儿。你知道吗，我想陪审团会放过他。这很荒唐，但是也许他们会放过他，因为——我告诉你一些事情。我自己也是农民出身，当那个家伙说要把土地连成一片时，啊，我仿佛看到两片土地，我觉得如果我们按照上帝的律法来判刑，你明白我的意思吧，那么我们就得给那两块土地判刑。你知道我想怎么做吗？我想站起来脱掉我的法官袍，然后说：翁德拉切克，流出的血会到上帝那里要求伸张正义，因此，按照上帝的旨意，你要在你的那两块地里种上天仙子和荆棘。等到你死了，你会拥有你眼前的这块仇恨之地。我很想知道检察官对此会怎么说。有时候应该让上帝来判决，他可以施行或好或坏的惩罚。以上帝的名义判刑，我们可没办法做到。啊，陪审团决定好了吗？"法官不悦地叹了口气，穿上法官袍，"好了，来吧。让陪审团进来！"

出 狱

监狱长刚刚读完司法部下达的文件，用几乎可算得上严肃的声调说道："喂，扎鲁巴，你明不明白？这意味着你余下的刑期已经有条件减免。你已经服刑十二年半，在这期间你的表现，嗯，堪称典范；我们给你做了最好的评价。简而言之，现在你可以回家了，你明白了吗？但是你要记住，扎鲁巴，如果你又惹了麻烦，这个附条件的释放令就会作废，你也必须因谋杀你的妻子玛丽服无期徒刑。如果真发生了这样的事，你就叫天天不应，叫地地不灵了。所以扎鲁巴，你要小心谨慎。下次坐牢就要坐到死了。"

监狱长感慨地擤了擤鼻子，"在这里

我们都很喜欢你，扎鲁巴，但是我不想在这里再看见你了。好了，再见吧！警长会给你钱。你可以走了。”

扎鲁巴这个身高六尺有余的瘦高个儿拖着脚步来来回回地走，嘴里结结巴巴地说着什么。他实在是太高兴了，以至于觉得内心有点刺痛，有一种激烈的情绪在涌动，他好像马上就要哭起来了。

监狱长粗声粗气地说：“行啦，行啦，别在这里哭。我们为你准备了几件衣服。建筑商马利克已经答应雇用你。哦，你想先去看看你的家吗？啊哈！离你妻子的坟墓并不远。好了，好了，你能这样真是太好了。”监狱长握了握扎鲁巴的手，继续说道：“那么扎鲁巴先生，祝你好运！看在上帝的份上，你行事要小心谨慎，别忘了我们放你出狱可是有条件的。”

扎鲁巴身后的门刚一关上，监狱长就说：“他真是个不错的人。我跟你说，弗曼内克，杀人犯一般都不是坏人。最差劲的要数贪污犯，他们对监狱里的所有东西都不满意。我挺为扎鲁巴那个家伙感到惋惜的。”

当扎鲁巴走出潘克拉茨监狱的铁门和院子时，他觉得惶恐不安。他担心离他最近的那名看守会拦住他并把他押回去，于是他放慢了脚步，这样他看起来就不像是在逃跑。当他走到大街上时，他的大脑变得一片混乱。街上的人真多，孩子们跑跑跳跳，两名计程车司机在吵架，天哪，怎么会有这么多人，以前街上从来不会有这么多人。他该往哪里走呢?

这还不是特别紧要的事情。街上车水马龙，还有好多女人。有人跟着我吗？没有，但是车辆可真多啊！扎鲁巴在通往布拉格的那条路上加快脚步，他只想尽快离开这里。一家火腿牛肉店飘出了诱人的香味，但是他此刻不想多做停留。接着他又闻到了一股更浓烈的气味，原来是路边在盖房子。砌砖工扎鲁巴停下脚步，闻了闻砂浆和椽子的气味。他站在一边看一个老建筑工搅拌石灰，他很想走上去聊一会儿天，但是他始终踟蹰不前，喉咙里发出的声音也细不可闻。因为之前一直是被单独监禁，他已经没有了与人交谈的习惯。

扎鲁巴大步向布拉格走去。扎鲁巴心想："天哪，外面的建筑物可真多啊！现在人们都是用混凝土盖房子，十二年前可不是这样，不，这和我那个时候不一样了。但是这种房子肯定会垮，因为立柱太细。"

"喂，当心，你是瞎了还是怎么回事？"

一辆车差点碾过他，他又差点躲到一辆咔哒作响的有轨电车底下去。天哪，这十二年的牢狱生活居然让人不适应在街道上行走了。他很想找人问问那座高大的建筑物是什么，还想问如何去西北火车站。当一辆满载钢铁的货车疾驰而过时，他试着对自己大声说："打扰一下，请问怎么去西北火车站？"不，他做不到，他的声音好像都瑟缩在身体里。这些年来他疏于言谈，变成了一个沉默的人。头三年里他还能不时问几个问题，但是现在他只能从喉咙中费劲地挤出"打扰一下，请问怎么去”这几个字，而且声音是那么地不自然。

扎鲁巴大步行走在街上。他觉得自己好像喝醉了，或者是在梦游。他所看到的一切都与十二年前大不相同，一切都变得更大、更吵、更令人困惑。啊，怎么会有这么多人？这让扎鲁巴闷闷不乐，他觉得自己好像身在国外的某个地方，他甚至不能让别人明白他想表达的意思。如果到车站坐上回家的列车就好了……在那里他的哥哥有一座小屋和几个孩子……

“打扰一下，请问怎么去——？”扎鲁巴试图说出这几个字，但是他只是动了动嘴唇，并没发出声音。好吧，到了家里我就会好了，到了家里我就能说话了。要是我能找到火车站就好了。

突然有人在他身后大喊了一声并把他推到了人行道上。一位司机对他吼叫道：“哎呀，你怎么不在人行道上走？”扎鲁巴本来想回话，但是他做不到。他只是发出了些咕噜咕噜的声响，然后匆匆走开。走在人行道上，他心里想：“人行道对我来说太窄了。喂，你们听着，我现在非常着急，我想回家。打扰一下，请问怎么去西北火车站？”

他判断这条繁华的街道是通往火车站的。那些有轨电车到哪里去了？这些人都是从哪里来的？啊，这里人头攒动，而且他们都往一个方向走。没错，他们一定是去火车站，他们走得如此匆忙是因为不想误了火车。瘦高个儿扎鲁巴大步向前走，生怕自己落在这些人的后面。看啊，人行道对人们来说也太窄了，整个街道上都是密集而嘈杂的人流，还有新的人流不断涌入。人们简直是在街上奔跑，嘴里还大声说着些什么。他们的叫喊声此起彼伏，不绝于耳。

在这吵嚷的街道上，扎鲁巴的大脑一片混乱。天哪，人可真多啊！前面的人开始唱进行曲。扎鲁巴跟着其他人一起开心地跋涉；哇，现在他周围的人都唱起歌来。扎鲁巴觉得仿佛有什么东西用力从自己的身体里挤了出来，继而在喉咙那里融化并涌上嘴巴。那是一首曲子，一二一，一二一。扎鲁巴哼着曲调，没有唱出歌词。他用极其低沉的嗓音大声唱和，这是什么歌呢?

管它呢，我要回家，我要回家！高大的扎鲁巴走在前排唱歌。虽然没有歌词，但也感觉那般美好。一二一，一二一。扎鲁巴高举双手，像一只大象那样大声吼叫着，他觉得自己的整个身体里充满了声音，五脏六腑像鼓一样震动，胸腔发出隆隆的响声，他觉得喉咙里无比舒畅，就像喝过酒或大哭过一场那般舒畅。成千上万人大声喊叫道：“打倒政府！”但是他们的叫喊让扎鲁巴一头雾水，他只是继续兴高采烈地大声喊着：“啊！啊！”

扎鲁巴挥舞着他长长的双臂走在人群的前面。他叫着吼着，唱着说着；他用拳头捶着胸口，他发出的呐喊声飘荡在所有人的头顶，就像一面迎风招展的旗帜。

“好哦，好哦！”扎鲁巴像一只报晓的公鸡，闭着双眼卖力地吼叫着，他的喉咙、肺和心脏都在极力配合。“好哦！啊！好哇！”人群停滞下来，他们不再向前走，反而猛然退后。在一片兴奋的喊叫声中，他们气喘吁吁，混战扭打。

“好哦！好哇！”

扎鲁巴闭着眼睛，沉浸在自己发出的自由而巨大的声音里。突然他感觉有双手抓住了自己的身体，他还听到一个人喘着粗气说：“我以法律的名义逮捕你！”

扎鲁巴瞪大眼睛。一名警察紧紧抓着他的一条胳膊把他拖出人群。此时人群不能自控地前后摇摆。扎鲁巴心中惧怕，发出呻吟声。他试图将警察扭住的那条胳膊挣脱出来，警察涨红了脸，放开扎鲁巴。然后扎鲁巴的头部接连被警棍击中，他那两条长长的手臂像风车的翼板那样转个不停，扫到了很多人的脑袋。这时候两个戴着头盔、像斗牛犬一样凶悍的警察紧紧抓住这两条长胳膊。扎鲁巴害怕地小声低语，他试图摆脱他们，像疯子一样踢蹬挣扎。两名警察用力拖拉扎鲁巴，在空荡荡的街道上扭着他的双臂前行。一二一，一二一。扎鲁巴现在柔顺得像一只羊羔；打扰一下，请问怎么去西北火车站？我要回家。

两名警察几乎是按着他的头把他扔进审讯室的。

一个冷酷、粗暴的声音问道：“你叫什么名字？”

扎鲁巴想说话，但他用尽全力也只是动了动嘴唇。

这个粗暴的声音再次响起：“快点说，你叫什么名字？”

这个瘦高个儿用细不可闻的声音说道："安东尼·扎鲁巴。"

"你住在哪里？"

扎鲁巴无助地耸了耸肩。他好不容易说出："潘克拉茨监狱的单人监禁室。"

当然，事情不应该是这样，但情况就是如此。审判庭庭长、检察官和辩护律师三个人在讨论怎样拯救扎鲁巴。

检察官说："要我说的话，扎鲁巴最好矢口否认他知道这件事。"

审判庭庭长嘟哝着说："这样不好。他被传讯的时候已经承认袭警。这个十足的傻瓜，他居然承认了——"

辩护律师说："如果警察作证说他们无法完全确定是扎鲁巴，有可能是另外一个人的话——"

检察官反驳道："得啦，我们不能煽动警察作伪证。此外，他们已经完全肯定就是他。我认为他不出庭申辩较好。可以说他精神有问题，需要检查，然后提出还押候审请求。我会支持你的。"

辩护律师说："这样很不错。我会提出这个请求的。但是医生说他没有疯怎么办？"

审判庭庭长主动说："我会跟他们谈的。这么做不太正规，但是——该死的！我不想看到扎鲁巴这个家伙在监狱里度过余生，因为这回他是在瞎胡闹。决不能让他进监狱。上帝啊，我可以惩罚他六个月不许眨眼，但是我不能忍受让他在监狱里度过余生，我根本忍受不了。”

检察官说：“如果不出庭申辩这一招不管用，那他的前途可不妙了。该死的，我本来想把这作为刑事犯罪来处理的。我还能怎么办？如果那个傻瓜当时去了酒吧，我们就可以证明他无法对自己的行为负责——”

审判庭庭长催促道：“好啦，先生们，不管怎样你们都必须帮我把事情处理好了，这样我就能释放他。到了我这把岁数，我不想为某些事情负责——嗯，你们知道我的意思吧。”

检察官叹息道：“这个案子很棘手。好吧，我们明白了。不管怎样精神病专家能起点作用。审判是安排在明天吧？”

但是审判没有如期进行。那天晚上安东尼·扎鲁巴自缢而亡，很明显他是害怕即将到来的惩罚。因为他个子很高，他自缢的姿势很奇怪，就好像坐在地上。

检察官咆哮道：“事情真是糟糕透顶。天哪，真够愚蠢的。但是不管怎样，我们确实无能为力。”

失踪的赫希先生

陶西格先生开口道："要知道，说起犯罪之类的事情，你应该首先想想自己的国家。真见鬼，巴勒莫或其他地方发生的事情与我们何干呢？但是如果有人在布拉格做了一件大案，呃，就是那种会激起我虚荣心的大案，我就会对自己说：现在我们来谈谈全世界的情况。要知道，这样的案子会使我内心深感喜悦，而且显而易见，如果一个地方发生了一起大案，那里的贸易会受益。这是繁荣的标志，而且绝对会提升自信。但是你得抓住罪犯。

"我不知道你是否还记得长街老赫希的案子。他以前做皮毛生意，但也偶尔贩卖波斯地毯之类的东方货物。要知道，他在君士坦丁堡做了几年生意，但是从那里回来后他的肝脏出了问题，结果他瘦得皮包骨，活像一只死猫，脸色也跟皮革一样黑。亚美尼亚或土麦那的地毯商曾经来拜访过他，他会用盗贼的黑话跟他们交谈。那些亚美尼亚人是可怕的骗子，就算是犹太人也不能对他们掉以轻心。赫希这家伙把皮毛放在底楼，底楼有弯曲的楼梯通往他的办公室。办公室的后面是他住的地方，赫希太太以前老坐在那里。她实在太胖，根本挪不动步。

“某天接近中午的时候，一个店员到办公室去想问赫希先生，是否店里将一些皮毛赊销给布尔诺某个姓韦尔的人。当时赫希先生不在办公室。这十分奇怪，店员心想赫希先生可能暂时离开到另一间房找赫希太太去了。过了一会儿，女佣从楼上下来叫赫希先生准备吃午饭。店员问道：‘准备吃午饭，这是什么意思？啊，赫希先生在家里吧？’女佣反问道：‘赫希太太整天就在办公室隔壁坐着，她从早上起就没见过赫希先生。他怎么可能在家里？’店员说：‘我们也没有见到他，是吧，瓦茨拉夫（瓦茨拉夫是店里的跑差）？’店员继续说：‘十点钟我来给他送信件，赫希太太数落了我一番，因为我们应该写信提醒莱姆贝格有关小牛皮的事情。此后就没看到他的踪迹。’女佣说：‘我的天啊，他不在办公室，也许他出去了。’店员说：‘他没有经过店铺，如果他从店铺走过，我们会看到他的，对吧，瓦茨拉夫？也许他是从他的公寓离开的。’女佣说：‘这不可能，如果是这样赫希太太应该看到过他。’店员说：‘嗯，你听我说，我看到他时他穿着睡衣和拖鞋。去看看他有没有穿走他的靴子、橡胶套鞋和外套。’——要知道那时候是十一月，雨水特别多。店员说：‘如果他穿好衣服，那他就是出去了；如果没有，那他一定在家里，对吧？’

“于是女佣冲上楼去，过了一会儿她惊慌失措地回来了，对店员说：‘我的天哪，雨果先生，赫希先生没有穿走靴子或其他东西。赫希太太说他不可能路过公寓，如果是那样的话，他就必须经过她的房间。’店员说：‘他也没有路过店铺。事实上他一整天都没有在店里露面，他只是打电话叫我把信件送到他的办公室。瓦茨拉夫，去找找他。’于是他们先冲到办公室。办公室里整整齐齐，他们只看到角落里有一些卷起来的地毯，桌子上有一封写给莱姆贝格的信，但还没写完。桌子上方的煤气灯还亮着。雨果说：‘赫希先生一定没有出去。如果要出去，他会把灯关掉的，不是吗？他一定还在公寓里。’于是他们寻遍了整个公寓，但是一无所获。坐在扶手椅上的赫希太太开始痛哭，她这个样子后来被那个叫雨果的店员形容成一块颤抖着的巨大果冻。当陷入困境时，年轻的犹太人会变得异常机灵。雨果说：‘赫希太太，赫希太太，您别哭了。赫希先生不会跑的，因为眼下生意兴隆，而且他也没去收债。他一定待在什么地方。如果到了傍晚他还没有露面，我们会去报警，但是傍晚之前不能报警。赫希太太，如果我们小题大做，会影响

生意。’

“傍晚之前他们一直在等待和寻找，但是始终没见到赫希先生的踪影。于是雨果先生在往常那个时间关上店门后，就立马前往警察局报告说赫希先生失踪了。你可以猜到警察局派出了侦探，他们仔细搜查了一番，但一点蛛丝马迹都没发现。他们想在地板上寻找血迹，但根本就没有发现。所以他们暂时封锁了那间办公室。后来他们盘问赫希太太和店里的员工那天早上发生了什么事情，但是没有人察觉到任何异样，只有雨果先生记起一件事：刚过九点，旅行推销员莱贝达先生来拜访赫希先生并与他交谈了大约十分钟。

于是侦探又去找莱贝达先生。你可以想象得到，他们在布里斯托尔咖啡馆找到了正在玩扑克牌的莱贝达先生。莱贝达先生紧张了起来，但是侦探对他说：‘莱贝达先生，今天我们来找你不是因为你玩牌的事，而是因为赫希先生。听着，他失踪了，你是最后一个见过他的人。’侦探的话没错，但莱贝达也说不出个所以然来。他是去找赫希先生谈皮带的事情，当时并没发现任何异样。他只是觉得赫希先生的气色比往常要差。当时他对赫希先生说：‘你好像越来越瘦了，赫希先生。’侦探说：‘好吧，就算赫希先生瘦得皮包骨头，他也不会凭空消失，不是吗？最起码会找到一些骨头或牙齿，对吧？别人也不可能把他放在公文包里带走。’

“但是正如你将听到的，故事的结局发生了逆转。你知道火车站的寄存处吧，就是乘客存放旅行箱之类东西的地方。嗯，赫希先生失踪大概两天以后，寄存处的女管理员跟行李搬运工说她那里有一只旅行箱，不知怎的她很讨厌那只箱子。她说：‘我不知道是怎么回事，但是我就是非常害怕那只旅行箱。’于是行李搬运工过去闻了闻那只旅行箱，然后对她说：‘妈呀，听我说，你最好把这东西交给乘警。’乘警带来一只警犬，当它闻到这只旅行箱的味道时就开始嚎叫，身上的毛都竖了起来。乘警觉得情况可疑，就撬开了那只箱子。箱子里是赫希先生的尸体，他穿着睡衣和拖鞋，蜷缩成一团。因为患有肝病，这个可怜的家伙本来看起来就异于常人。他的脖子上有绳子留下的深深勒痕。他是被勒死的。但是很奇怪，穿着睡衣和拖鞋的他怎么会从办公室跑到火车站的那只旅行箱里呢？

“负责这个案子的是梅兹里克警长。他看了看尸体，马上就发现尸体的脸部和双手上有些绿色、蓝色和红色的斑点。更引人注目的是赫希先生黝黑的皮肤。梅兹里克警长自言自语道：‘这个尸体腐烂现象着实有趣。’他试着用自己的手帕拭去其中一个斑点，接着他果然清除掉了所有斑点。他对其他侦探说：‘哎，我觉得这看起来像某种苯胺染料。我还得去一次赫西先生的办公室。’

“他首先在办公室里翻找染料，但是没有找到。突然卷起的波斯地毯抓住了他的视线。他打开其中一张地毯，用湿手帕擦上面蓝色的图案。他的手帕上留下了蓝色的斑点。警长说：

‘这些地毯真是垃圾。’他接着搜寻，发现赫希先生桌子上的墨水瓶托盘里有两三个土耳其香烟的烟头。他对其中一名侦探说：‘我亲爱的朋友，你要牢牢记住一点，谈波斯地毯生意的人总是要不停抽烟，这是东方的习俗之一。’然后他派人把雨果先生叫来。他对雨果说：‘雨果先生，莱贝达先生离开后再没有人来过这里，是吗？’

“雨果先生说：‘不，还有人来过。不过赫希先生不愿意让我们提起。他曾经跟我们说，你们打理好那些皮毛，但是不要管地毯，那是我的事。’

“梅兹里克先生说：‘那是当然，因为这些都是走私来的地毯。瞧啊，没有一张地毯上有海关印章。如果赫希先生没有死，那国内税务局会找他的麻烦，他得交一笔巨额罚金。你有话快说，还有谁来过了？’

“雨果先生说：‘嗯，十点半左右有一个亚美尼亚人还是犹太人开着一辆敞篷车来了。他是个胖子，脸上的皮肤黄黄的，他用土耳其语之类的语言问赫希先生在不在。于是我告诉他办公室在哪里。他身后有一个瘦高个儿，大概是贴身男仆。那个人又瘦又黑，肩上扛着五大卷地毯，瓦茨拉夫和我那时候都忍不住想他是怎么做到的。这两个人去了办公室并在那里待了差不多一刻钟。我们没有特别留意，但是这段时间里我们听到那个奸诈之徒与赫希先生一直在交谈。后来那个贴身男仆走下楼来，但是这次他肩膀上只有四卷地毯。我心里想，啊哈，赫希先生买了一卷地毯。哦，对了，那个亚美尼亚人走到办公室门口时又转过身去跟办公室里的赫希先生说了些什么，但是我不懂他说的话。后来那个瘦高个儿把地毯扔进车里，他们就开车走了。’雨果先生继续说：‘我之所以一直没提这事是因为我觉得没什么奇怪的，不是吗？像他那样的地毯商来访很常见，而且这些人都是骗子。’

“梅兹里克先生说：‘呃，雨果先生，我不妨告诉你这件事确实有蹊跷。那个瘦高个儿把赫希先生的尸体藏在一卷地毯里带走了，明白了吗？真该死，你可能注意到他下楼时比上楼时还吃力。’

“雨果先生脸色刷白，说道：‘没错。现在我想起来了，当时他的腰弯得厉害。但是事情不可能是这样，先生。他身后的那个亚美尼亚人还站在办公室门口跟赫希先生说了话。’

“梅兹里克先生说：‘啊，他当然是对着空无一人的办公室说话。那个瘦高个儿奋力勒死赫希先生的时候，另一个人八成在不停讲话，没错吧？啊，雨果先生，你可不是那些亚美尼亚犹太人的对手。他们把赫希先生的尸体藏在卷起的地毯里，然后带到旅馆。但是当天在下雨，这糟糕的地毯又是用苯胺颜料染的色，于是褪掉的颜色就染到赫希先生的脸上了。这件事再清楚不过了，不是吗？然后他们在旅馆里把赫希先生的尸体塞进一只旅行箱，接着把那只旅行箱送到了火车站。事情就是这样，雨果先生。’

“当梅兹里克先生忙着调查这个案件时，秘密警察也发现了那个亚美尼亚人的线索。你看，那只旅行箱上面贴着柏林某家旅馆的标签，这说明那个亚美尼亚人给小费一贯很大方。要知道，这些标签被旅馆的门童作为一种国际通用标志使用，作用是标明行李主人会给多少小费。这个亚美尼亚人出手很大方，让柏林的那个门童记忆犹新。他的名字叫马扎尼安，他极有可能是在去维也纳的途中经过布拉格。但是他们在布加勒斯特才抓到他，而他在还押候审的时候自缢身亡了。他杀害赫希先生的原因无人知晓，很有可能是赫希先生在君士坦丁堡那段时间里他们有些生意上的纠纷。”

陶西格先生若有所思地总结道：“但是这件事至少告诉你做生意首先要讲诚信。如果那个亚美尼亚人卖的不是用廉价苯胺染料染色的地毯，他们也不会那么快就猜到赫希先生是怎么死的，不是吗？卖伪劣商品的人迟早要遭报应。”

未曝光的凶杀案

霍迪克先生说："这让我想起一个案子。这个案子经过了周密的策划和精心的安排，但恐怕你不会对它上心，因为它还没有一个妥善的结局，它背后的秘密也没有浮出水面。总之，如果你不想听就照直说，我也到此为止。"

"你可能知道，我住在维诺赫拉迪的克鲁斯伯克街。那是一条很短的小巷，巷子里没有酒吧，没有洗衣店，也没有杂货店。住在那里的人大多晚上十点就上床睡觉，只有年轻人喜欢在家里听无线电收音机，到晚上十一点才上床。那里的大多数居民都是守法的纳税人或二级公务员，此外还有几个养金鱼的人、一个班卓琴手、两个集邮者、一个素食者、一个巫师、一个信奉神智学的旅行推销员。再就只剩下女房东了，其他人可以从她们那里租到干净整洁、配备齐全的房间，还能享用她们提供的早餐，这就跟租房广告里说的一样。

“那个信奉神智学的男人每周都有一天（通常是星期四）直到午夜才回家，因为他忙着跟神灵交流。每个星期二，那两名金鱼行家也是午夜才回家，因为他们去参加了水族联盟的聚会。他们站在灯柱下讨论胎生鱼类和龙睛金鱼。三年前有一个喝醉酒的男人走过这条街，但估计他住在其他地方，只是在这里迷了路。以前还有一个名叫科瓦连科还是科皮泰科的俄国人每天晚上十一点一刻都会在回家途中经过这里。他是个身材矮小、胡须稀疏的男人，住在克鲁斯伯克街7号扬斯卡太太家里。没人知道这个俄国人是如何谋生的，但是他总是窝在家里，到下午五点才会拎着公文包到最近的车站坐有轨电车去镇上。十一点一刻他会准时出现在那个车站，然后走向克鲁斯伯克街。后来有人说这个俄国人习惯在下午五点光顾一家咖啡馆，在那里他会与其他俄国人谈天。但是其他人说他不可能是俄国人，因为俄国人从来不会那么早回家。

“去年二月的某一天，我正打瞌睡，突然听到五声枪响。刚开始我像小孩一样玩心大作，在自家的院子里甩了一鞭子，这一下发出了不小的声响，令我非常欣喜。但是我一下子醒悟过来，意识到刚才是有人在街上用左轮手枪射击。于是我赶紧打开窗户，看见克鲁斯伯克街7号前面有一个手拿公文包的男人面朝下躺在人行道上。但是就在那个时候传来嗵嗵的脚步声，一名警察出现在那个角落，他跑向地上的男人并试图抬起他，但力气不够，只好又把他放回地上。警察说了声，‘该死的！’然后吹响警哨。就在那时，另一名警察在另一个角落出现并跑向中枪者所在的角落。

“你们可以想象得到，我快速穿上拖鞋和外套跑了出去。在路上我碰到了住在这条街上的素食者、班卓琴手、一个金鱼行家、两个看门人和一个集邮者。其他人只是隔着窗户看，他们吓得牙齿发颤，心里想着：‘如果我出去，很难说我会不会卷进麻烦里。’此时两名警察已将中枪者翻了个身。

“我吓得牙齿发颤，说道：‘啊，这是那个俄国人，名叫科瓦连科或科皮泰科，就住在这条街上扬斯卡太太家里。他死了吗？’

“其中一名警察似乎不知所措，他说：‘不知道，我们应该叫医生来。’

“同样吓得牙齿发颤的班卓琴手问道：‘为什么还让他躺在这里？’

“此时已经有十几个街坊聚在那里，他们都又冷又怕。两名警察在中枪者身边跪下，不知出于什么原因，他们松开了他的衣领。这时候一辆计程车在这个街角停下，司机走下车来看发生了什么事。可能他希望这是一个醉汉，这样他就可以载他回家。

“他亲切地问道：‘你们怎么都在这儿呢？’

“素食者结结巴巴地说：‘有人中——中枪了。让他上你的计——计程车，你带他去医院。他可能还活着。’

“计程车司机说：‘啊呀！我可不喜欢这种乘客。但是，等一下，我把车开过来。’然后他慢慢地走向他的计程车并将车开到我们所在的位置。他说：‘抬他进来吧。’

“两名警察费力地将这个俄国人抬进计程车。司机万般无奈，运尸体可不是什么好事。

“先到的那名警察对另一名警察说：‘喂，老兄，你带他走，我要记录目击者的名字。’他又转头对司机说：‘司机，带他去医院，开快点。’

“司机发牢骚地说：‘开快点，我这烂刹车可没问题。’说着他将车开走了。

“先到的那名警察从胸前口袋里掏出一个笔记本，说道：‘先生们，你们要告诉我你们的名字。这只是为了取证。’然后他在笔记本上慢吞吞地挨个写下了我们的名字。他的手指可能冻僵了，但是在他写完之前我们都快冻死了。我回到房间时是十一点二十五分，所以整件事应该是持续了十分钟。

“我估计要是陶西格先生在这里就会觉得这件事没什么新鲜的。但是陶西格先生，你要知道这种事在我们这种名声很好的街上发生就是一件天大的事。邻近的街道好像沾了什么光，告诉每一个人这件事就发生在哪个角落。而稍远些的街道假装若无其事，但我告诉你，他们实际上又愤慨又苦恼，因为这件事不是在他们那里发生的。后来事情又发生了几次转折，他们只是不屑一顾地说：‘那里应该是有人死了，但也不一定是真的。’这只是他们嫉妒的表现。

“你可以想象，第二天我们一整条街的人是怎样迫不及待地要去看晚报。首先我们想了解这起凶杀案的最新情况，其次报纸上肯定会有一些有关我们街道及街道所发生事件的报道，想到这点就让我们高兴。众所周知，人们最喜欢报纸报道他们亲眼所见的事情，也就是那种可以让他们做目击证人的事件。比如说有一匹马倒在这条街上，导致交通停滞十分钟。如果报纸没报道这件事，这件事的目击者就会牢骚满腹，然后把报纸丢到角落里，认为这报纸糟糕透顶。他们认为自己是事件的一部分，但报社却认为这件事不值一提，这让他们几乎觉得自己受到了侮辱。依我说，报纸报道本地新闻的唯一原因，是本地事件的目击证人如果没有在报纸上看到相关报道就会很生气，然后他们就不会再买报纸了。

“告诉你，我们发现没有一家晚报提到我们街上发生的凶杀案，这简直让我们目瞪口呆。我们牢骚满腹，这些报纸报道了各种丑闻和政治上的烂事，甚至还报道了有轨电车与独轮手推车相撞，但就是没看到有关这起凶杀案的新闻。总之这些报纸很差劲，简直糟糕透顶。但是集邮者突然想到警方也许不让报纸现在报道此事，这样就不会影响他们办案。这种想法让我们的心绪安宁了，同时也让我们更加好奇。一想到我们住在这样一条有影响力的街道上，而且我们是这样一起神秘案件的目击者，我们就骄傲不已。但是第二天报纸上还是没有提到这件事，而且警方也没有派人过来调查。更让我们觉得奇怪的是居然没有人去扬斯卡太太家调查，至少也应该封锁那个俄国人以前住的房间吧？这让我们十分震惊。班卓琴手说也许警方想隐瞒整件事。他补充说：‘天知道这事情背后有什么秘密。’

“由于报纸没有报道我们街上发生的凶杀案，街坊们开始抗议：他们认为一定要做点什么，那个俄国人是他们的街坊，他们很乐意把这件事追查到底；街坊们明摆着正在受苦受难，这里的铺路和照明都非常差劲，如果这里住着一位议员或者报社记者，情况就会大不相同了。像这样的牢骚数不胜数，愈演愈烈。因为我在这条街住的时间最长，而且我也不是别有用心之人，街坊们就叫我去警察局当面指出警方处理这起凶杀案的方式有多么让人反感。

“于是我就去找巴托谢克警长。我对他还有点熟悉，他是一个忧郁的人。他们说这是因为以前他失恋了，失恋后他才进入警察局工作。我对他说：‘你好，先生，我只是来问问克鲁斯伯克街的那起凶杀案调查得怎么样了。街坊们都在想警方为什么把这件事弄得如此隐秘。’

“警长问道：‘什么凶杀案？我们这里没接到凶杀案。那

条街是我们的管辖范围。’

“我向他解释道：‘哦，几天前一个名叫科瓦连科或科皮泰科的俄国人在街上遭人枪击，有两名警察去了，其中一名警察记录了目击者的姓名，另一名警察招计程车带那个俄国人去了医院。’

“警长说：‘你在说些什么呢？我们这里没接到报案。肯定弄错了吧？’

“我说：‘至少有五十人都看见了，我们都可以证明——’我开始生气，‘警官，我们是品行端正的市民，如果你要我们对这件凶杀案守口如瓶，我们一定会尽力配合，就算我们不知道为什么要这样做。但是说真的，那样残酷地射杀一个人，实在做得太过分了。我们会写文章发到报社。’

“巴托谢克先生表情十分严肃，让我很害怕。他说：‘喂，告诉我到底发生了什么事。’

“于是我一五一十地告诉了他事情的经过。他压抑着怒火，脸都变紫了。但是当我说到先来的那名警察对另一名警察说，‘喂，老兄，你带他走，我要记录目击者的名字’，他先应了一声，然后咆哮起来：‘我知道了——他们不是我们的人。该死的，你们为什么不把这两个人交给警察？常识应该告诉你们穿制服的警察绝不会互称‘老兄’。便衣警察可能会这么叫，但是穿制服的警察永远不会这么叫。你们这群该死的蠢货，你们应该把这两个人抓起来。’

“我觉得很惭愧，结结巴巴地说：‘但是为什么要把他们抓起来？’

“警长对我吼叫道：‘因为他们就是射杀那个俄国人的凶手，至少他们与这起凶杀案脱不了关系。你在克鲁斯伯克街住了多久了？’

“我说：‘九年。’

“那你应该知道晚上十一点一刻离你们最近的值勤警察就在集市场附近，离你们第二近的值勤警察在斯莱兹斯卡街和佩伦街的街角。离你们第三近的警察的巡逻区编号是1388。在那两个假警察出现的角落，我们的人会在晚上十点四十八分或零点二十三分巡逻，其他时间都没有人在那里。啊，该死的，所有盗贼都知道这个，住在那里的人居然不知道。我估计你以为每个街角都有警察巡逻，是吗？啊，如果我们有一名穿制服的警察在你所说的那个时刻出现在那个该死的角落，那就很令人震惊了。其一，根据巡逻安排，那个时候警察应该在集市场附近的巡逻区；其二，警察没有向我们报告有凶杀案发生，这可是非常严重的失职。

“我说：‘我的老天，这起凶杀案到底是怎么回事？’

“警长这时候似乎平静了下来，他说：‘这个案子不同寻常。在我看来这件事非常邪恶，豪戴克先生。它背后有高人指使，其中定有奥妙。他们把整个过程计划得十分周密，真该死！第一，他们知道那个俄国人回家的时间；第二，他们对巡逻警察的行踪了如指掌；第三，在警察局获知这起凶杀案之前他们争取了整整两天时间。我估计他们想迅速跑路，要么就是想整顿局面。现在你明白了吗？’

“我说：‘呃，不太明白。’

“警长耐心地开始解释道：‘听着，他们之中有两个人乔装成警察。这两个人守在角落伺机射杀那个俄国人，或者开枪的另有其人。你们看到我们优秀的警察那么快就出现在现场当然高兴。’他突然想起另一个细节，问道：‘第一个到达现场的假警察吹口哨发出的哨音是什么样的？’

“我说：‘声音非常小，但是我以为是他喉咙哽住了。’

“警长满意地说：‘啊哈，你瞧，他们就是不想让你们向警察局报告这起凶杀案，这样他们就有时间逃到国外去。你可以百分之百肯定那个计程车司机也是这个团伙中的一员。我想你肯定记不起计程车的车牌号了吧？’

“我垂头丧气地说：‘我们没有注意车牌号。’

“探长说：‘没关系，车牌肯定是假的。这个方法让他们处理掉了俄国人的尸体。顺便说一句，他不是俄国人，而是马其顿人，名叫普罗塔索夫。好了，感谢来访。如果你不再说下去就真是帮了我大忙了。我们会自己调查的。当然，这个案子极有可能是一个政治案。但是幕后一定有聪明人指使，豪戴克先生，因为政治暴行的安排通常都很复杂。’警长嫌恶地说：‘哼，政治活动连不道德行为都算不上，它只

是粗俗的吵闹。’

“后来警察局做了一些调查。这起凶杀案的起因一直都没有查明，但是在凶手潜逃到国外很久以后，警方终于弄清楚了他们的姓名。这起凶杀案彻底在我们街上销声匿迹，这就好像撕去了一个人人生中最辉煌的一页。如果有住在福赫街的陌生人或来自维索维策偏远地区的人恰好经过我们这里，他一定会这样想：‘天哪，这条街可真够无聊的。’当我们聊起发生在这条街上的神秘罪案时，没有人肯相信。实际上别的街道是嫉妒我们街道发生了凶杀案。”

婚姻骗子的灾难

侦探霍鲁布轻咳了一声，说道："我不介意告诉你，我们警察机关不是特别喜欢这些特殊、罕见的案子。我们也不是特别喜欢出现新的罪犯。如果是一个有案底的老罪犯作的案，那情况就大不相同了。第一，我们马上就能知道是他干的，因为这是他的营生；第二，我们知道要去哪里找他；第三，他不会费劲假装自己没作案，因为他很清楚这么做没用。听我说，先生们，碰上这样有经验的家伙算你们有福。我还可以告诉你们，在监狱里那些惯犯可是宠儿，他们比别人更值得信任。那些新手和偶然做坏事的人才是牢骚鬼，他们对什么都不满意。但是惯犯就知道进监狱对自己的职业生涯不利，知道做麻烦自己和麻烦别人的事情就是浪费时间。但是我说的这些还没进入正题。

“大约在五年前，全国好多地方都接到报案，说有一个不明身份的婚姻骗子活动猖獗。据描述，骗子是一个老头，身材肥胖，秃头，镶有五颗黄金前齿。他用过穆勒、普鲁卡兹卡、西麦克、西拜克、辛德卡、比莱克、赫罗马德卡、皮沃达、拜格、贝切克、斯多切克等多个名字。这个描述与任何我们知道的婚姻骗子压根就不相符，所以很明显这是一个新罪犯。我们部门的头儿把我叫去并对我说：‘霍鲁布，你在铁路那边值勤，所以不管你走到哪里都要留意有没有一个镶着五颗金牙的家伙出现。’于是我开始注意火车上人们的牙齿，两个星期之内我就抓到三个镶着五颗金牙的人。这几个人必须向我证实他们的身份，我敢肯定有一个是督学，还有一个是下院议员，你相信吗？不必说，结果我不光被这些人怒骂一通，还被我们自己的人训了一顿。这让我很生气，于是我狠下决心要抓住那个恶棍。这其实不是我的工作职责，但是我想这样做我就能出口气了。

“于是我独自去拜访所有受害的孤儿寡母，这个镶着五颗金牙的骗子以订婚这种手段骗走了她们的钱财。你们不会相信这些受害者有多么能讲、多么能哭。但是她们至少对以下几点是有共识的：这个人谈吐得体，非常体面。他镶着金牙，热切希望过上幸福的家庭生活。但是她们之中没有一个人能让他在结婚证上按手印，这些女人也太容易上当了，真是叫人不可思议。第十一个受害者住在卡梅尼策，她抽泣着告诉我这个男人来过她家里三次。他总是乘坐上午十点三十五分到达此地的列车。在他最后一次准备离开时，他的口袋里装着女人的钱。他看着女人房子的门牌号码，惊讶地说：‘啊，你看啊，玛林卡小姐，我们俩要结婚是天意。你家的门牌号码是618，我从你这里离开总是坐六点十八分那趟列车。这是不是个好兆头？’我听完后心想：‘这确实是个好兆头。’我立即拿出火车时刻表查看哪个车站有火车于六点十八分出发以及哪趟列车十点三十五到达卡梅尼策。经过查找比对，我发现火车最有可能是从比斯特里策-诺沃维斯出发的。你瞧，一名铁路侦探就得对火车了如指掌。”

“正如你们所料，我休假的第一天就去比斯特里策-诺沃维斯打听是否有一个镶金牙的肥胖男人经常来往此地。车站站长说：‘有，拉其那先生就是这样。他是一名旅行推销员，住在那边的一条街上。他昨天晚上刚回来。’于是我去找这位拉其那先生。在过道里我遇上一位长相漂亮、衣着整洁的少妇。我对她说：‘拉其那先生是住在这里吗？’她说：‘他是我丈夫，但是他在午睡。’我说：‘没关系。’走进屋子后，我看见一个男人穿着衬衣躺在沙发上。他说：‘哦，铁定是霍鲁布先生来了。给他一把椅子，老婆。’

“那一刻我所有的不满情绪都消失了。啊，这是普利赫塔，一个用彩票玩花招的老骗子。知道吗，这个人就是用彩票行骗。普利赫塔这家伙曾入狱十次。我说：‘喂，怎么样啊，老伙计？看样子你没再用彩票玩花招了。’

“普利赫塔在沙发上坐下，说道：‘啊，是没玩那个了。霍鲁布先生，做那个就得跑来跑去，不是吗？我也不是从前那么年轻了。我已经过了五十二岁，是时候过得安定一些了。我现在可不想到处流浪。’

“我对他说：‘所以你就试着用订婚这种手段行骗，你这个骗子。’

“普利赫塔只是叹息。他说：‘霍鲁布先生，一个男人总得做点什么吧。你知道吗？上次入狱时我的牙齿出了毛病，我想一定是吃豆子吃坏的，所以我去镶金牙。霍鲁布先生，你一定会感到惊讶，镶金牙让一个人看起来身份显贵，它会增强自信，而且因为有助于消化，人也会长胖。嗯，就是这样，像我们这样的人一定会让自己拥有的东西发挥用处。’

“我问他：‘那些钱你都用来做什么了？我的笔记本里记录了你十一次行骗的详细情况。你一共获利二十一万六千克朗。钱在哪里？’

“普利赫塔说：‘噢，霍鲁布先生，那钱都是属于我老婆的。你公事公办吧。除了身上的东西，我再没有别的了。我身上有六百五十克朗，一块金表和我的金牙。老婆，我要和霍鲁布先生一起到布拉格去。听我说，霍鲁布先生，镶这

些金牙是分期付款的，我还有三百克朗没付清。这笔钱我得留在这里。’

“他的妻子提醒他说：‘你还欠裁缝一百五十克朗。’

“普利赫塔说：‘没错。霍鲁布先生，我是一个要求精确的人。一切都井井有条是再好不过了，是吗？如果你没有债务，你就可以直视所有人。就是这样，霍鲁布先生。老婆，给我的外套掸掸灰，这样我就不会在布拉格给你丢人了。好了，霍鲁布先生，我们可以走了。’

“后来普利赫塔被判入狱监禁五个月。你们相信吗，大多数受害妇女在法庭上讲她们是自愿把钱给他的，她们愿意原谅他所做的一切。但是有一位老妇人不肯善罢甘休，她是一个富有的寡妇，普利赫塔只从她那里拿到五千克朗。

“六个月后我听说又发生了两起婚姻诈骗案。我心想那一定是普利赫塔干的，但是我不想再管了。那时候我正在帕尔度比采的火车站忙着，因为那里有个行李搬运工从站台偷行李。我的家人正在距帕尔度比采一个小时车程的某个村庄过暑假，于是我就用手提包装了些香肠和一些杂七杂八的东西带给他们。要知道，在村庄里可不容易弄到这些东西。旅途中我像往常那样在列车上巡视。在一个车厢隔间里，普利赫塔和一个老妇人坐在一起，他正在说这个世界有多么堕落。

“我说：‘喂，老伙计，你又要跟别人订婚了吧？’

“普利赫塔脸涨得通红，他急匆匆地跟那位妇人说失陪一下，因为要跟一位先生谈点公事。当他在走廊与我会合时，他用责备的语气对我说：‘霍鲁布先生，你不应该当着陌生人的面那么做。你对我使个眼色就够了，我会跟你来的。你想怎么样？’

“我对他说：‘我们又接了几件案子，普利赫塔。但是我今天还有别的事情，我会把你交给帕尔度比采的宪兵。’

“‘噢，霍鲁布先生，别这么对我。我现在跟你已经很熟了，而且你也了解我。我愿意跟你走。霍鲁布先生，看在过去的情份上，帮帮忙吧。’

“我说：‘这不行，我先要去看望我的家人，路上大概要花一个小时的时间。这段时间我拿你怎么办？’

“普利赫塔说：‘我会跟着你的，霍鲁布先生。而且有我陪伴，你的旅途也不会显得那么漫长。’

“普利赫塔就这样跟着我了，我向我的妻子和小姨子介绍了他。告诉你们，我的小姨子是我的老朋友，她相貌出众，只有二十五岁。但是普利赫塔的谈吐如此优雅、有风度，他还给孩子们分糖果——好吧，长话短说，我们在一起喝咖啡的时候，普利赫塔说他想跟我的小姨子和孩子们一起出去走走。他对我使眼色，意思是我们很了解彼此，我肯定也想跟我的太太单独聊一会儿。这家伙还真是道德高尚呢！一个小时之后他们回来了，孩子们牵着普利赫塔的手，我的小姨子满脸娇羞。当我们要走时，她紧紧握着普利赫塔的手，握了好长时间。

“后来我对他说：‘喂，普利赫塔，你把玛尼其卡弄得五迷三道，你这是存的什么心思？’

“普利赫塔近乎悲哀地说：‘这只是习惯，霍鲁布先生，我也阻止不了。这是我的金牙在作祟，它们总是给我带来麻烦。我从来不跟女人调情，我这把年纪的男人这么做不合适，但是你也看到了，这反而让她们更来劲了。有时候我情不自禁地想她们是真的喜欢我这个人还是只是贪图我的东西，因为我看起来很富有。’

“当我们回到帕尔度比采的火车站时，我对他说：‘听着，普利赫塔，我现在恐怕必须把你交给宪兵，因为我要调查一宗盗窃案。’

“普利赫塔乞求道：‘霍鲁布先生，你可以让我在小吃部找个位子坐下，我喝点茶，看看报纸。我把我的钱交给你，四千克朗多一点。没有钱我就不能逃跑了。啊，我连买单的钱都没有了。’

“于是我让他在小吃部找个位子坐下，然后我去忙我的工作。一个小时之后，我透过窗户看到他还坐在原来的位置上。他戴着一副金边夹鼻眼镜看着报纸。大约半小时之后，我准备领他走。那时候他换了一张桌子，和一个肥胖的金发女人坐在一起。他请侍者将凝乳加到女人的咖啡里，他的仪态既庄重又高贵。他看到了我，于是从女人身边走开来到我面前。他说：‘霍鲁布先生，你能不能一个星期之后再拘捕

我？我马上有活儿要做。’

“我问他：‘那女人非常富有？’

“普利赫塔做了个手势，轻声说：‘霍鲁布先生，她有一家工厂。她非常需要一个有经验的人来不时给她提点建议。她正准备买几台新机器。’

“‘啊哈，伙计，跟我来，让我给你介绍一下。你好啊！格拉迪斯，你还在追求老男人呢？’

“那个金发女人羞得面红耳赤，说道：‘天哪，霍鲁布先生，我不知道这位先生是你的朋友。’”

“我对她说：‘还不赶紧走。多德先生一定想跟你谈谈。他叫你小骗子，你知道吧？’

“普利赫塔目瞪口呆。他说：‘霍鲁布先生，我从没想到这个女人也是个骗子。’

“我对他说：‘啊，她就是个骗子，而且行为不检点。告诉你吧，她用订婚这种手段从上了年纪的男人那里骗钱。’

“普利赫塔的脸色变得苍白如纸。他嫌恶地吐了一口唾沫，说道：‘哇，以后我保证不会再相信女人了。霍鲁布先生，这真是让人忍无可忍。’

“我说：‘你现在就在这里等着，我去给你买一张去布拉格的火车票。你要二等座还是三等座？’

“普利赫塔反对道：‘霍鲁布先生，你这是在浪费钱。我是被扣押的人，可以免票，不是吗？让政府掏腰包吧！像我这

种处境的人得精打细算。’

“一路上普利赫塔一直在诅咒那个女人。我从没见过有人这般义愤填膺。等我们到了布拉格，普利赫塔说：‘霍鲁布先生，我知道这次我得关进牢里七个月。牢饭不对我的胃口。听我说，我想趁着现在还有机会再享用一次大餐。你从我这里拿走的四千克朗是我上次的活儿的全部所得，我至少应该用这笔钱吃一顿晚餐。你请我喝过咖啡，我也想请你喝一次。’

“于是我们一起去了一家相当不错的餐厅。普利赫塔点了一些烤肉，喝了五瓶啤酒。我用他的钱付账，他把账单仔仔细细看了三遍以确定侍者没有多收我们的钱。

“我说：‘好啦，现在我们去警察局。’

“普利赫塔说：‘等一下，霍鲁布先生。上次的活儿我有不少开销，有四次往返旅行，单程每次四十八克朗，一共三百八十四克朗。’他戴上夹鼻眼镜，在一张纸上计算起来。‘还有现金支付费用，每天三十克朗，我得装阔气，霍鲁布先生，这是我的惯用手段。这笔开销有一百二十克朗。我送给那位小姐一束花，用去三十五克朗。要知道，这只是一种有礼貌的行为。订婚戒指花了二百四十克朗，那只是一只镀金戒指，霍鲁布先生。如果我不是一个实诚人，我就会跟你说那是只金戒指，花了六百克朗，对吧？我还给她买了一只蛋糕，花了三十克朗。我寄了五封信，每封信的邮资是一克朗。我认识她是通过征婚广告，广告费是八十克朗。算下来一共是八百三十二克朗，霍鲁布先生。你真的必须把这些开销从那笔钱里扣出来，我把这钱暂时放在你那里。我喜欢像这样把事情弄得清清楚楚。霍鲁布先生，我们至少得把开销填平吧！到地方了，我们进去吧。’

“当我们走在警察总局的过道里时，普利赫塔突然又想起一项开销：‘霍鲁布先生，我送给那位小姐一瓶香水，还得从那笔钱里扣去二十克朗。’

“然后他擤了擤鼻子，放心地让警察给带走了。”

尤拉伊·许普的英勇行为

宪兵队长哈维尔卡说："没错，有时候确实是这样，罪犯非常正大光明，非常坦率直接。我可以用很多例子来证明，但是最奇特的一个例子是我与尤拉伊·许普这个男人的一次经历。那时候我和宪兵驻扎在鲁塞尼亚的亚斯那。

"一月份的一个晚上，我们在当地的一家小酒馆狂欢。酒馆里有一位区长、一位铁路管理层人员和几位在偏远地区为共和国利益着想的大人物。当然还有几个吉卜赛人。你知道这些吉卜赛人吧？我无论如何也猜不出他们来自哪里，但是有时候我想他们一定属于汉姆部落。他们走到你跟前演奏小提琴，人离得越来越近，琴声越来越柔和，这些可怕的家伙，他们对着你的耳朵念着咒语，你会觉得好像他们正在把你的灵魂拽出你的身体。我跟你们讲，他们演奏音乐就像进行可怕而神秘的犯罪活动。当他们接近我时，我扯着喉咙大声叫喊，我用刺刀刺穿了桌子，还砸碎了玻璃杯。我唱歌，用头撞墙，我觉得自己这种状态好像要杀人或向女人求爱。这就是被吉卜赛人施了咒语后的表现。在我最癫狂的时候，酒馆老板过来告诉我有一个鲁塞尼亚人还是什么人在酒馆外面等我。

“我叫喊道：‘让他等着，要么明天再来找我。’我正在这里悲叹青春，埋葬梦想。我深爱着一个美丽、优秀的女子。‘拉啊！你这个该死的吉卜赛人继续拉小提琴啊，把我灵魂深处的忧愁统统拿走。’我就这样胡言乱语。知道吗？音乐让我们产生一种神秘感，大家都喝高了。一个小时过后，酒馆老板又过来说那个鲁塞尼亚人还在外面等我，外面可是冷得够呛。但是我还没有悲叹完我的青春，而且借酒浇愁愁更愁。于是我像成吉思汗那样挥了挥手，意思是‘我不在意，继续拉小提琴，吉卜赛人。’后来发生的事情我就一无所知了。天快亮时我走出酒馆，外面冷得厉害，脚踩在雪地上嘎吱作响，就像踩在玻璃上。而那个鲁塞尼亚人还站在酒馆前面，他的绑带麻鞋、马裤和身上披着的羊皮上都覆盖着白雪。他看到我时向我弯腰行礼，然后用沙哑的声音说了些什么。

“我对他说：‘你想干什么？如果你浪费我的时间，我就

抽你一个大嘴巴子。’

“这个鲁塞尼亚人说：‘阁下，是沃尔瓦莱霍塔村的村长派我来的。有人杀了玛丽娜·马特尤娃。’

“他的话让我的头脑清醒了一些。沃尔瓦莱霍塔是一个村庄，更确切地说那里人烟稀少，只有三十来间茅舍，要走大约十五英里的山路才能到达。现在的气温在零度以下，去一趟那里可真够让人吃不消的。我大喊道：‘天哪，是谁杀了她？’

“这个鲁塞尼亚人温和地说：‘是我，阁下。我的名字叫尤拉伊·许普，是德米特里·许普的儿子。’

“我嚷道：‘那你是来自首的？’

“尤拉伊·许普恭顺地说：‘是村长命令我来的。村长说，尤拉伊，去跟宪兵说你杀了玛丽娜·马特尤娃。’

“我吼道：‘那你为什么杀她？’

“尤拉伊理所当然地说：‘这是天意。上帝指示我：杀死你的姐姐玛丽娜·马特尤娃，她是一个有着邪恶灵魂的人。’

“我说：‘该死的！你是怎么从沃尔瓦莱霍塔到这里来的？’

“尤拉伊·许普虔诚地说：‘我得到了上帝的帮助。上帝保护着我，所以我没有死在雪地里。赞颂他的圣名吧！’

“如果你知道喀尔巴阡山脉的暴风雪有多么猛烈，如果你知道积雪足有六英尺深是什么概念，如果你看到瘦小、虚弱的尤拉伊·许普在酷寒中站在酒馆门前六个小时只为了向我自首他杀害了玛丽娜·马特尤娃，那你就会想问，上帝的这名可恶女仆，你到底做了些什么？我和尤拉伊·许普在胸前画着十字，然后我逮捕了他。等我在雪地里洗了把脸并将我的雪地靴系紧后，我们就跟宪兵克罗帕一起走上通往沃尔瓦莱霍塔村的山路。如果宪兵总司令亲自拦住我并对我说：‘哈维尔卡，你这个傻瓜，你不要去那里。下这么大的雪，你会有生命危险。’我会先敬礼，然后说：‘报告司令，这是天意。’然后我就转身上路。克罗帕也会这么做，因为他来自济之科夫。我从来没见过有哪个济之科夫人不爱出风头的，而且我们正在兴头上，自然有胆量和蛮干的劲头。于是我们就这么出发了。

“我们的这段旅途我就不描述了。我只告诉你，最后克罗帕又累又怕，哭得像个孩子。有两次我们都认为自己完蛋了，我们连一步都挪不动了。走完这15英里，我们花了11个小时。我说这个是为了让你们知道这段旅程有多艰辛。先生们，宪兵是不屈不挠的家伙，如果宪兵在雪地里跌倒并开始哭着说他再也走不动了，那就意味着情况糟糕到没法说了。但是我只是坚持走，好像已经麻木了。我不停提醒自己尤拉伊·许普做到了。尤拉伊·许普，这个瘦弱的小个子男人不仅走了15英里山路，还因为村长要他自首在酷寒中等了6个小时。尤拉伊·许普穿着湿透的绑带麻鞋，尤拉伊·许普穿过了暴风雪，尤拉伊·许普相信有上帝在帮助他。知道吗？如果你看到一块石头向上滚而不是向下滚，你会称之为奇迹。但是没有人把尤拉伊·许普的旅程称为奇迹，这样不拯救他也显得理所当然。比起石头向上滚，他所走过的旅程更精彩，是一种更令人敬佩的力量的象征。告诉你们，如果你们想看奇迹，那就去看人，而不是石头。

“当我们到达沃尔瓦莱霍塔村时，我们已经跌跌撞撞，半死不活。我们敲村长家的门，所有人都睡着了。村长拿着一杆步枪蹑手蹑脚地走出来。他是个留着络腮胡的大块头男人，他看到我们就立刻跪下来帮我们松开雪地靴，但是从头到尾他都一言不发。事后我回忆起来，觉得自己看到的好似一系列奇怪的影像，既庄重又质朴：村长安静地领着我们走进其中一间茅舍。房间里点着两支蜡烛，一个穿黑衣服的女人跪在圣像前，床上是裹着白色裹尸布的玛丽娜·马特尤娃的尸体。尸体的喉部有一道很长的刀痕。这道伤口触目惊心，但看得出来刀法出奇的利落，就像屠夫将一头乳猪一切为二。尸体的脸白得吓人，好像身体里的血液流得一滴也不剩。

“接下来还是沉默。村长带我们回到他的住处，但是有十一个穿着皮大衣的农民在他的茅舍等着。我想问你们是否知道羊皮袄闻起来是什么味道？ 这种味道简直令人窒息，《旧约》里写到过。村长让我们挨着桌子坐下，他清了清嗓子，躬身行了个礼，然后说道：‘以上帝的名义，我们悲痛地宣告上帝的仆人玛丽娜·马特尤娃死亡。愿上帝怜悯她！’

“十一个农夫说‘阿门’，并在胸前画十字。

“接着村长开始讲述事情的经过。两天前的夜晚，他听到有轻轻的抓门声。他想可能是狐狸，于是拿起枪去开门。门槛上躺着一个女人，那正是被割破喉咙的玛丽娜·马特尤娃。她的气管已经被切断，因此她不能说话。

“村长将玛丽娜移到茅舍里，并让她躺在床上。然后他命令牧羊人吹响号角召集沃尔瓦莱霍塔村的所有村民到他这里来。村民到齐之后，村长转向玛丽娜说：‘玛丽娜·马特尤娃，在你死之前，请证明是谁要杀你。玛丽娜·马特尤娃，是我要杀你吗？’

“玛丽娜不能摇头，但是她闭上双眼。

“‘玛丽娜，是这个男人干的吗？是不是瓦西尔的儿子、你的邻居乌拉霍干的？’

“玛丽娜又闭上她哀怨的双眼。

“‘玛丽娜·马特尤娃，是农夫科胡特，也就是被称作万卡的人干的吗？是你的邻居马丁·杜达斯干的吗？——玛丽娜，是这个人吗？是巴朗，也就是被称作桑德尔的人干的吗？——玛丽娜，是站在这里的安德烈·沃罗贝茨干的吗？——玛丽娜·马特尤娃，是站在你面前的克利姆伯·贝祖奇干的吗？玛丽娜，是这个人吗，是斯捷潘·波勃特吗？——玛丽娜，是这个人要杀你吗？是米哈尔·塔特卡的儿子、猎场看守人塔特卡干的吗？玛丽娜——’

“这时候门开了，玛丽娜·马特尤娃的弟弟尤拉伊·许普走了进来。玛丽娜浑身颤抖，两眼瞪得都快要掉出眼眶。

“村长继续问道：‘玛丽娜，是谁要杀你？是站在这里的泰伦提克·福多吗？’”

“但是玛丽娜没有回答。尤拉伊·许普说：‘你们念祷词吧。’于是所有在场的农民都跪下来。最后村长站起来说：让那些女人进来吧。

“老杜达斯说：‘现在还不行。玛丽娜·马特尤娃已不再是上帝的仆人。请以上帝的名义示意：是牧羊人杜罗杀了你吗？’

“屋子里一片沉默。

“‘玛丽娜·马特尤娃，你的灵魂与上帝同在。是伊万的儿子托特·伊万杀了你吗？’

“没有人敢大声喘气。

“‘玛丽娜·马特尤娃，请以上帝的名义示意，是你的弟弟尤拉伊·许普杀了你吗？’

“尤拉伊·许普说：‘是我杀了她。这是上帝的旨意。他要我杀死拥有邪恶灵魂的玛丽娜。’

“村长命令道：‘把她的眼睛合上。尤拉伊，你现在就去亚斯那向宪兵自首。你对他们说：我杀了玛丽娜·马特尤娃。然后你才可以坐下来或吃东西。去吧，尤拉伊。’然后村长打开门，让那些女人进入茅舍哀悼死者。

“噢，我不知道是因为羊皮的味道还是身体疲乏，又或是因为我看到和听到了什么异常美丽、高贵的事物，总之我头脑发昏，不得不走到酷寒的室外。我的灵魂深处有什么东西在挣扎、抗议，好像我应该站起来说：‘上帝的子民，上帝的子民！我们会根据人类的法律来审判尤拉伊·许普，但是你们用的是上帝的法律。’我想拜倒在他们面前，但是这对一名宪兵来说绝不可能。所以我只能走出去一个人待着，直到我恢复宪兵的思维。

“要知道，当个宪兵着实不容易。早上我彻底搜查了尤拉伊·许普的茅舍，发现了可怜的玛丽娜从她在美国的丈夫那里弄来的美钞。我当然报告了这个情况，于是那些律师就把这看作是一宗谋财害命的案子。尤拉伊·许普被绞死了。但是没有人来对我说他能走完那段旅途靠的是人类的力量。我很清楚人类的力量有多么强大。而且我想我对上帝的审判略知一二。”

眩晕症

拉齐那先生说："良心这个词现在没有人用了。现在人们说压抑，但是这种说法也就是半斤八两。我不知道有没有人记得工厂主基尔克的案子。他非常富有，是个了不起的人物，而且风度翩翩。人们说他是一个鳏夫，但是除此以外就对他一无所知了。他是个性格极其内敛的人。他刚过四十岁时爱上了一个娇俏的小姑娘。这个姑娘只有十七岁，漂亮到让人窒息。她美得让人心碎，让人心生怜爱。所以基尔克跟这个姑娘结婚了，因为他是富有、杰出的基尔克。

"他们去意大利度蜜月，发生了这样的事情：他们在威尼斯爬上了那座著名的钟楼。人们说在钟楼上可以看到很棒的风景。当基尔克往下看时，他的脸色变得煞白。他转向自己年轻的妻子，然后突然倒在地上。之后他变得比从前更加内向。他拼命掩饰，想让自己看起来没有问题，但是他的眼睛流露出焦虑和绝望的神情。你们可以想象得到，他的妻子害怕极了，她把他带回家里。他们有一幢不错的房子，往外可以看到公园。就是在那里，基尔克变得越来越古怪。他经常挨个检查每扇窗户，以确保它们全都锁好。才刚坐下，他就会立马跳起来去关窗户。到了晚上他也不睡觉，像一个鬼魂一样在房子里四处游荡。对别人提出的所有质疑，他都只会含糊地回应说他眩晕得厉害，关上窗户是为了不让自己跌出窗外。所以后来他的妻子给每扇窗户都装上格栅，好让他别再这样没完没了地神经紧张下去。起初几天格栅起到了作用，基尔克平静了一些，但是后来他又开始在一扇扇窗户之间跑来跑去。他摇晃格栅，确保它们安装得牢固。后来他们安装了钢制百叶窗，住在这样的房子里就像被囚禁起来。这么做让基尔克稍稍安静了些，但是后来他走在楼梯上时也开始眩晕。于是当他上楼或下楼时，他们就像照顾瘸腿的人那样挽着他的手臂走。就算是这样，他也仍然颤栗不止，汗流浃背。事实上，有时候他会坐在椅子上突然啜泣起来，他就是生活在这样极度的恐惧中。

"当然，他们开始找形形色色的医生看病，情况大致是这样，第一个正骨医生说眩晕是因为劳累过度，第二个医生说这种病叫作内耳炎，第三个医生把这归结于便秘，第四个医生则说这是因为大脑供血不足。知道吗？我经常发现这种情况，一个人一旦成为著名的专家，他就会通过某种心理过程首先形成一个观点。一位专家说：‘当然，以我的观点来看，事情是如此这般。’另一位专家则会反驳道：‘但是以我的观点来看，情况恰好相反。’我认为观点应该像帽子和手杖一样被扔在门厅里。如果你要一个有观点的人出去闯，那他铁定会闯祸，至少他会与其他人意见不合。再回过头来说基尔克。每个月都有一位新的著名专家来治疗和折磨他，每次都采用完全不同的方法。基尔克曾经是一个高大健壮的人，以前他还撑得住。但是现在他坐在扶手椅上起不了身，因为他一看到地面就会一阵眩晕。于是他只能凝视天空，不说话也不动。有时候他会全身颤抖，那是因为他在哭。

“那时候他们又找了一位医生。此人姓斯皮茨，是一个开始创造奇迹的神经科专家。这位斯皮茨医生所采用的方法是以心理压抑治疗为基础的。知道吗？他的看法是每个人的潜意识中都有各种可怕的想法、回忆或渴望，他们因为害怕这些东西而刻意压抑。这些被压抑的想法在他们的心中作怪，把事情搞得一团糟，导致他们出现神经功能障碍。如果有一位专业的医生经过探索，把病人心中的压抑排遣出来，那病人就会如释重负，人也会好起来。但是心理分析医生必须得到病人的充分信任，还要让病人详细讲述各种各样的事情，比如夜里的梦境、儿时的记忆等。他在结束治疗时对基尔克说：啊！先生，许多年以前你有过如此这般的一场经历——这是一件非常丢脸的事，一直在你的潜意识中挥之不去。我们称之为精神创伤。但是你现在可以把这件事抹去，恩那得那迪那嘟（注：类似咒语），你的病好了。这就是斯皮茨医生的魔法。

“现在这位斯皮茨医生真的在用魔法治病。你不会相信有钱人的心理压抑有多严重，而穷人一般没有这样的困扰。因此斯皮茨医生的业务很繁忙。在所有名医轮番对基尔克进行过治疗以后，他们找来斯皮茨医生。斯皮茨医生说基尔克的眩晕症是神经方面的原因，他雨果·斯皮茨保证将他的病给治好。那好吧，我们拭目以待。但有一件事情很糟糕，基尔克这个讨厌的家伙不爱讲话。当斯皮茨医生问他问题时，他只是用一个词来回答，然后就一言不发。最后他把斯皮茨医生撵了出去。斯皮茨医生陷入绝望。真见鬼，治好这样一个重要的病人会让自己名声大振。而且，这是一个非常棘手、非常引人注目的精神失常病例。基尔克先生的妻子伊尔玛又是一个如此漂亮、如此不幸的女人。因此斯皮茨医生决定倾尽全力治疗基尔克。他低吼道：‘我一定要弄清楚基尔克心里压抑着什么，否则我就不当医生，去布店里找份工作。’

“于是他开始采用一种新的心理分析方法。首先他找到了基尔克所有在世的三亲六眷，然后取得他们的信任。对于一名医生来说，最重要的事情是学习耐心倾听。这些亲戚发现斯皮茨医生对他们和蔼可亲、恭恭敬敬，因此他们很高兴。但是后来斯皮茨医生也不耐烦了，他找了一家秘密机构。这家机构派出两个可靠的人四处调查基尔克的亲戚。他们回来以后，斯皮茨医生付给他们应得的酬劳，然后径直去找基尔克先生。在一处半明半暗的地方，基尔克坐在扶手椅上。他现在只能移动一只手臂。

“斯皮茨先生对他说：‘基尔克先生，我不会烦你。你不必回答我一个字。我也不会问你任何问题。我只是想除掉你眩晕症的病根。这个病根藏在你的潜意识里。但是你太过压抑，以至于产生严重的神经功能障碍——’

“基尔克粗声粗气地打断他：‘我没有请你来，医生。’他将手伸向呼叫铃。

“斯皮茨医生说：‘我知道，但是请等一等。请你回想一下，你在威尼斯的钟楼上第一次眩晕症发作时有什么感觉？’

“基尔克身体僵直地坐在那里，手指放在呼叫铃上。

“斯皮茨医生继续说道：‘你感到一种可怕而疯狂的渴望，你渴望把你漂亮而年轻的妻子从钟楼上扔下去。但是你深爱着她，因此你的内心起了冲突，这种内心冲突造成精神性休克，于是你眩晕倒地。’

“基尔克不发一言。他伸向呼叫铃的手突然垂了下来。

“斯皮茨医生继续说道：‘从那以后，你就长期被眩晕症所困，长期处在恐惧的深渊里。你把窗户关上，你发现自己

不能从高处往下看，因为你无法摆脱把基尔克太太推下去的可怕想法——’

“坐在扶手椅上的基尔克哀嚎了一声，这并不像人类发出的声音。

“斯皮茨医生继续说道：‘好了，但是现在的问题是，这种摆脱不了的想法是怎么来的？基尔克先生，你第一次结婚是在十八年前。基尔克先生，你的第一任妻子在阿尔卑斯山的一次旅行中身亡。她在登霍赫万德山时从悬崖上坠落，后来你继承了她的财产。’

“这时候只能听到基尔克急促而粗重的呼吸声。

“斯皮茨医生大声说道：‘基尔克，你杀害了你的第一任妻子，是你把她推下了悬崖。我告诉你，这就解释了你为什么想杀害你深爱的第二任妻子，为什么恐高以及为什么被眩晕症所困扰——’

“坐在扶手椅上的男人痛哭道：‘医生，医生，我该怎么办？我怎样才能让这一切停止下来？’

“斯皮茨医生看起来十分不悦。他说：‘基尔克先生，如果你有宗教信仰，我建议你自首，这样上帝会怜悯你的灵魂。但是我们医生通常不信上帝。你得自己解决这件事了。但是从医学的观点来看，很明显你已经得救了。站起来，基尔克先生。’

“基尔克站了起来，脸色苍白如纸。

“斯皮茨医生说：‘好了。现在你的头还晕吗？’

“基尔克摇了摇头。

“‘你瞧，我说的没错吧？’斯皮茨医生松了一口气。‘其他症状也会消失的。眩晕只是心理压抑的结果，现在我们已经排遣了心理压抑，你会好起来的。你能看看窗外吗？太棒了！这让你觉得可以抛掉一切烦恼吧！你一点也不眩晕，是吗？基尔克先生，这是我处理过的最精彩的病例。’斯皮茨医生兴奋地搓着手。‘你痊愈了。我能把基尔克太太叫来吗？不吗？啊！我知道了，你想亲自给她一个惊喜。天哪，她看到你能走路了一定会很高兴呢！我说的没错吧，基尔克先生，瞧瞧科学会创造什么样的奇迹。’当斯皮茨医生沉浸在成功的喜悦中时，他可以唠唠叨叨几个小时。但是考虑到基尔克需要休息，他开了一些镇静剂后就告辞了。

“基尔克礼貌地说：‘我送你到门口吧，医生。’他跟着医生走到了楼梯。

“‘真奇怪，一点也不眩晕了，一点也不了——’

“斯皮茨热情洋溢地说：‘太棒了，你感觉很不错，对吧？’

“基尔克看着楼下的医生轻声说：‘我感觉好极了。’

“当斯皮茨医生身后的正门重重地关上后，他听到砰的一声巨响。

“过了一会儿他们在楼梯下面发现了基尔克的尸体。他已经死了，因为在跌落的过程中碰撞到楼梯的栏杆，他的肢体有些地方骨折。

“斯皮茨医生知道这件事情后吹了一声口哨，脸上露出古怪的表情。然后他拿出病人姓名登记册，在基尔克的名字旁边写下日期和‘自杀’的拉丁文单词。你能猜出是什么意思吧，陶西格先生？”

忏　悔

圣马太教堂的沃韦斯神父说："说到压抑，要知道治疗心理压抑是人类最古老的经验之一。我们圣教堂把这种治疗方法称作'忏悔圣事'。如果你觉得心情沉重，如果你感到羞愧，那就去吧！有罪的可怜虫，去教堂忏悔，坦白说出你所犯下的罪恶。但是我们不把这称为治疗神经功能障碍，我们称之为对罪恶的自责、忏悔和宽恕。

"许多年前的一个酷热夏日，我待在教堂里避暑。要知道，在我看来基督教福音派信徒只能生活在北方的国家，在北方，即使到了夏天也不会有人觉得这般炎热。在任何一座天主教教堂里，一整天下来你可以看到弥撒和晨祷，至少也可以看到图画和雕像。任何时候你都可以来教堂享受凉爽的空气并静心冥想——但这些只有在户外热得像火炉的时候你才能够体会。所以在不适合居住的寒冷国家会有人持不同意见，生活在较温暖地区的天主教徒也不会这么认为。这可能是因为教堂一般比较阴凉。好啦，我刚才说了那是一个酷热的夏日，我进入教堂时凉爽的空气扑面而来，让我觉得美好而舒爽。然后教堂管理人过来告诉我有个男人要忏悔，已经在这里等了一个多小时。

“好吧，这种事情时有发生。于是我去更衣室取来我的白长袍，然后在忏悔室坐下。教堂管理人把那个忏悔者带来。他是个上了年纪的男人，衣着非常得体。他看起来像一名旅行推销员或房地产经纪人。他的脸很苍白，而且浮肿得厉害。他在忏悔室跪了下来，但一言不发。

“我鼓励他说：‘好吧，你跟着我说：我，一个可怜的罪人，要向全能的上帝坦白承认——’

“这个男人突然大声说道：‘不，我不要这么说！让我以我自己的方式来说。我必须以不同的方式来说。’他的下巴突然抽动起来，额头上也渗出了汗水。而我也不知为何开始生出一种奇怪而可怕的憎恶感。以前我也有一次像现在这样反感，那时候我在尸体挖掘现场，那具尸体……那具尸体已经腐烂。先生们，我不能向你们描述尸体是什么样子。

“我非常惊恐地问道：‘看在上帝的份上，告诉我你出了

什么事？’

“那个男人结结巴巴地说：‘等一会儿，等一会儿。’他重重地叹了一口气，非常大声地擤鼻子，然后说：‘现在我没事了。阁下，我要开始说了。十二年前……’

“我不会告诉你们他说了些什么。首先，这当然是因为要对忏悔的内容保密；其次，他所忏悔的事情太可怕、太丑恶、太凶残，以至于我不敢再次说起。那个男人讲述得极其详细，你都无须想象。当时我都想从忏悔室里跑出来，捂上我的双耳。我把白长袍塞进嘴巴里，这样我才不会害怕地叫喊起来。

“那个男人心满意足地说：‘好了，现在我把我的烦恼倾吐出来了。’他宽慰地擤了擤鼻子，然后说：‘谢谢你，阁下。’

“我叫道：‘等一下，你怎么赎罪？’

“那个男人透过窄小的窗户亲切地看着我说：‘你把我当成什么人了？神父，我没有信仰。我来这里只是想解除痛苦。要知道，如果有一段时间我没有对别人讲……讲那件事，我的眼前就会……就会浮现出整个事情的经过……我不能睡，不能合眼。这种时候，我就得对别人坦白讲出这件事情，所以我才会找到你。这是你的工作，而且你不能再对别人讲起这件事，因为你要对忏悔的内容保密。说到赎罪，我丝毫不以为意。如果没有信仰，这么做没用。好了，非常感谢你，阁下。我对你致以最深切的敬意。’我还没搞清楚是怎么回事，他就已经步履轻松地走出了教堂。

“大概一年过后，他又来了。他在教堂门前拉住我。他面色苍白，说话低声下气。他结结巴巴地说：‘我能向你忏悔吗？’

“我对他说：‘听着，如果你不赎罪，就不要忏悔，一切到此为止。如果你不赎罪，就不要再来找我。’

“那个男人看起来非常沮丧，他叹息道：‘天哪，每个神父都这么跟我讲。没有一个神父肯听我忏悔，但我现在急着要忏悔。我说，阁下，如果我——如果我再对你忏悔一次，对你而言也无关紧要吧？’

“他的嘴唇开始颤抖，就像上次我看到他时那样。我对他叫喊道：‘不行，除非你当着一个世俗中人的面向我讲出整件事情。’

“那个男人哀叹道：‘那这个世俗中人就会讲出这件事。’接着他怒气冲冲地叫嚷道：‘去你的吧！’然后就离开了。这真是一件让人困惑的事情。他转身离去，连背影都显得那样绝望。

“后来我再也没有见过他。”

律师鲍姆博士说：“阁下，你说的非常详尽。几年前的一天，一个面部苍白且浮肿的男人来到我的办公室。实话说，我并没有太留意他的外貌。我请他坐下，然后问他找我有什么

事。他是这样说的：‘听我说，如果一位客户要求你对咨询的内容严格保密，并告诉你他犯了罪，比如——’

“我说：‘啊，当然没问题，我不能利用客户讲的内容来做对客户不利的事情；如果我这么做了，最起码也会被臭骂一顿。’

“这个人松了一口气，说道：‘那就好。我有一件事情必须跟你讲。十四年前——’阁下，接下来我听到的内容应该和你听到的一样。

沃韦斯神父打断他说：“不要讲出来。”

鲍姆博士低声说：“我没想讲出来。要知道，这件事太可怕了，我都无法用言语来表达。那个人就那么一股脑儿全说出来了，说到他自己都好像要窒息了。他不停地冒汗，脸色乌青，双目紧闭……他好像在进行精神上的宣泄。后来他叹了口气，用手帕擦了擦嘴唇。

“我对他说：‘天哪，先生，我对这件事无能为力。但是如果你需要我给你一些诚恳的建议——’

“这个怪人气喘吁吁地说：‘不，我不需要任何建议。我只是来告诉你那时候我做了些什么。’他又用近乎凶狠的语气说：‘但是你要记住，你不能做对我不利的事情。’然后他站起来十分平静地说：‘好了，我要付给你多少钱？’

“我垂头丧气地说：‘五十克朗。’他拿出一张五十克朗的钞票，对我说日安，然后就走了。

“我很想知道他像这样在布拉格找了多少个律师，但是他再也没有来找我。”

维塔赛克医生说：“这个故事还没有结束。几年前我在一家医院外科住院部做医生。一个脸部苍白、浮肿的男人被送进医院。他的双腿肿得像水桶，伴有痉挛和呼吸困难。事实上，这是典型的布赖特氏病，《圣经》里也有写过。他显然是无法挽救了。一天晚上，护士告诉我7号病房那个有肾病的病人又开始痉挛了。于是我去查看，发现这个可怜人呼吸困难，浑身是汗，他的双眼凸出，露出恐惧的神情。这是布赖特氏病发病时的痛苦症状。

“我对他说：‘好了，老兄，我给你打一针你就没事了。’

“这个病人摇了摇头。他气喘吁吁地说：‘医生，我……我有事情必须要跟你讲……让那个女人走开。’

“我本来想给他打一针，但是看到他的眼睛，我就把护士打发走了。我对他说：‘好了，说吧，伙计。但是说完后你必须睡一会儿。’

“这个男人的眼中充满恐惧，他呻吟道：‘医生，医生，我睡不着——我眼前一直晃动着那些场景——我睡不着，我必须要告诉你——’

“然后他在痉挛和喘息中一股脑儿说了出来。告诉你们，我从来没有听说过这样的事。”

律师鲍姆先生咳了几下：“嗯，嗯。”

维塔赛克医生说：“别害怕，我不会告诉你们他说了些什么，这是医疗机密。后来他精疲力竭，躺在床上就像一块湿抹布。要知道，阁下，我不能给他赎罪或给他任何明智的建议，但是我给他注射了几针吗啡。他醒来后我就再给他注射几针，如此反复，直到他再也没能醒过来。告诉你们，我这么做可是帮了他大忙。”

沃韦斯神父说：“阿门。”他沉思了一会儿，又轻声说：“你做得好，至少你让他脱离了苦海。”

哈伍利那先生的裁决

贝伦先生说："说到报纸，我是这么想的：大多数人会最先看警方报告。他们这么喜欢看警方报告，是因为他们内心压抑着犯罪的渴望，还是因为他们可以在道德上得到满足以及增进法律知识，那就很难说了。但他们在看警方报告时肯定是幸灾乐祸的，所以报纸每天都会发布警方报告。假如在休假期间不开庭，报纸上一样会有专栏报道。法庭审理的案件通常并不耸人听闻，但警方新闻记者必须想方设法挖到耸人听闻的案件。在这种情况下，记者会自己编造耸人听闻的案件。市场上可以买卖这些捏造的案件，用二十来根雪茄就可以买到或换到一起案子。

我对这些了如指掌，因为我过去常常跟一位警方新闻记者分享挖到的案件。他很喜欢喝酒，是个会偷懒的人，不过这个机警的家伙工资少得可怜。

“有一天，一个奇怪的家伙出现在我和那位警方新闻记者经常碰面的咖啡馆。这个人邋里邋遢，肚子滚圆。他的名字叫哈伍利那，以前是学法律的，但一直没学成，日子过得落魄潦倒。没有人清楚他是怎么谋生的，事实上他自己也不是很清楚。对了，这个游手好闲的哈伍利那对犯罪和法律方面的事情很精通。我认识的那位记者给了他一支雪茄和一些啤酒，他闭上双眼吸了几口，然后开始详细讲述最离奇、最精彩的罪案。他讲到辩护的要点，引述检察官的答词，最后还以共和国的名义宣判。他睁开眼睛，好像刚刚睡醒。他粗声大气地说：‘借给我五克朗。’有一次他们考验了他一回：他一口气讲了二十一个罪案，一个比一个精彩。但是在讲第二十二个罪案时他突然停了下来，他说：‘等一下，这不是即决法庭或地方执法官就能审理的案件。必须要有陪审团，我演不了陪审团。’你瞧，他对陪审团不感冒。但是说句公道话，他的判决虽然有一点严苛，但是都有法律依据。他对此相当自豪。

“记者们找到了哈伍利那这号人物，并且发现他所提供的案件不像法庭上实际审理的案件那样无聊、老套，于是他们之间建立了信任。哈伍利那要给他编造出来的每个案件收费，他们称之为受理费，包括二十克朗和一支雪茄。除此之外，还要根据他判处的刑期来收费，每个月刑期收取二克朗。要知道，判决越重，案件就越复杂。在哈伍利那向报社记者们提供他编造的罪案之前，读者们看警方新闻时从来没有这么带劲过。不，先生，现在的报纸和他那个时代的报纸不同了。现在报纸上只报道政治新闻和法律诉讼，只有老天爷才知道谁会读这些东西。

“有一天，哈伍利那编造出一个案件。这个案件并不算是他最精彩的案件之一。到那时候为止，他所编造的案件还没惹出过什么麻烦，但是这次却闯祸了。长话短说，这个案件是这样的：一个老光棍与住在他对面的体面寡妇发生争吵。于是他弄来一只鹦鹉，并对鹦鹉进行训练。只要那个寡妇出现在阳台上，这只鹦鹉就会扯着喉咙喊：‘你这个荡妇！’寡妇以毁损名誉罪对老光棍提起控诉。地方法院认为被告人借助自己养的鹦鹉让女原告成为笑柄，便以共和国的名义判决被告人监禁十四天并承担诉讼费用。讲完这起诉讼案后，哈伍利那说：‘请支付十一克朗和一支雪茄。’

“差不多有六家报纸报道了这个案件，尽管它们的写法各不相同。其中一家报纸的标题是‘远离疯狂的人群’，另一家报纸的标题是‘房东和可怜的寡妇’，还有报纸的标题是‘起诉鹦鹉’，在此就不一一说明了。但是这些报社都突然收到司法部的通信，信上问贵报某某期报道的毁损名誉案具体是在哪一个地方法院审理的；被告人应该对法院的裁决和判刑提起上诉，因为那些话并不是被告人说的，而是鹦鹉说的；而且不能认定这只鹦鹉说的话一定是针对女原告；因此并不能认定案中所涉及的言论毁损了女原告的名誉，最多只能算作扰乱或破坏社会治安，法庭可以责令被告人守法、罚款或下发法院指令处理涉案的那只鹦鹉。因此司法部想知道是哪一个地方法院审理该案件，接下来他们将对其进行调查。事实上这引起了官方的骚动。

“记者们对案件卖家抗议道：‘天哪，哈伍利那，你给我们留下了一个烂摊子。喂，你在鹦鹉那个案件中的判决是不合法的。’

“哈伍利那脸色煞白。他叫喊道：‘什么？我的判决不合法？老天爷，司法部居然有脸跟我这么说？居然有脸跟我哈伍利那这么说？’记者们说他们从来没见过一个人如此愤怒。哈伍利那满腔怒火，他大声说：‘我要痛骂他们一顿，我要让他们瞧瞧我的裁决到底合不合法！我不会善罢甘休的。’他在愤怒和兴奋中喝得烂醉如泥。然后他拿出一张纸，为了向司法部出一口恶气，他起草了一份详细的法律声明来为他的裁决辩护。他在这份法律声明中说，被告人教他的鹦鹉辱骂那位女士，这已经表明他有辱骂和贬低那位女士的主观故意，因此显然被告人有非法目的；那只鹦鹉不是犯罪者，它只是犯罪的工具……事实上，这是那些记者们看过的最绝妙、最精彩的法律推理。他在这份法律声明上署上自己的全名瓦茨拉夫·哈伍利

那，然后将声明寄到司法部。他说：‘就这样吧，在这件事情解决之前，我不打算再给出任何裁决。我得先让自己满意。’

“你们可以想象得到，司法部根本没留意哈伍利那的信件。哈伍利那心里老大不高兴，一副垂头丧气的样子。他看起来比以前更邋遢了，而且消瘦得很厉害。当他明白没有机会得到司法部的回复时，他灰心极了。他在心里嘀咕或说些牢骚的话，但是最后他扬言：‘你们等着，我要让他们知道谁是正确的。’

“他们有两个月没见到他的人影。后来他出现了。他眉开眼笑、洋洋得意地宣布道：‘喂，我终于接到了法院的令状！哎呀，那个讨厌的老太太，我劝她起诉我可真是大费周章。你们不会相信像她这样的老太太会这样随和。她让我在一份文件上签字，要我承诺无论发生什么，一切费用由我承担。伙计们，不管怎样，这件事要在法庭上解决了。’

“记者们问道：‘什么事？’

“哈伍利那说：‘啊，就是鹦鹉那件事啊。我跟你们说过我不会善罢甘休的。你们瞧，我买了一只鹦鹉，我教它说：‘你这个荡妇！你这个缺德的老家伙！’告诉你们，训练鹦鹉可真够费劲的。整整六个星期我没有迈出家门一步，除了‘你这个荡妇！’以外，我没有说过别的话。现在鹦鹉可以把这句话说得很好。唯一的问题是这只该死的笨鸟整天都在说这句话。我没办法让它只对着住在院子另一边的那个女人叫喊。那个女人是个教音乐的老太太，她很富裕，是个非常不错的人。但是我住的那座房子里没有其他女性，所以只有选择她作为毁损名誉的对象。告诉你们，编造出这样的罪行很容易，但是真正实施起来，情况就大不相同了。我就是没法让那只鹦鹉只骂她一个人。它每个人都骂。依我说，它纯粹是跟我作对。

“哈伍利那喝了一大杯酒，然后继续说道：‘所以我换了一个方法。只要那个老太太出现在窗户跟前或院子里，我就飞快地打开窗户让那只鹦鹉对着她喊叫：‘你这个荡妇！你这个缺德的老家伙！’这位老太太竟然笑了起来，还对我说：‘真没想到啊，哈伍利那先生，你家的小鸟真可爱！’哈伍利那先生低吼道：‘讨厌的老太太，我磨了两个星期她才肯起诉我。但是住在那座房子里的人都成了证人。啊哈，现在就要去法庭解决这件事了。’哈伍利那搓着双手，继续说道：‘我绝对会被判毁损名誉罪名成立。那些自命不凡的小人一定赢不了我！’

“在开庭那天，哈伍利那先生一通豪饮。他非常紧张焦虑。在法庭上他表现得很有风度。他尖锐地批评了自己，并让住在那座房子里的所有人做证鹦鹉对老太太的辱骂既不堪入耳又明目张胆。他恳请法院对他施行最严厉的惩罚。地方法官是相当正派的老头，他抚着胡须说他想听听鹦鹉说的话。于是他宣布休庭，令被告人在下次庭审时将鹦鹉作为证物带来，如果有必要，还可将其作为证人。

“下次庭审时哈伍利那先生将鹦鹉放在一只鸟笼里带来了。鹦鹉瞪大眼睛望着受惊的女书记员，然后开始使出全身力气尖叫：‘你这个荡妇！你这个缺德的老家伙！’

“地方法官说：‘行了，鹦鹉罗拉作为证物已说明它所说的话并不是明确针对女原告。’

“鹦鹉看着地方法官叫喊道：‘你这个荡妇！’法官阁下继续说道：‘但是很明显，它对所有的人，不分男女，都会说这样的话，因此这些话没有侮辱的意图，哈伍利那先生。’

“哈伍利那飞快地站起来，好像被什么东西蜇伤了一样。他情绪激动地抗议道：‘法官阁下，我老是打开朝向女原告的那扇窗户，目的是利用这只鹦鹉让她丢人现眼，这就证明了我有滋扰他人的非法意图。’

“法官阁下说：‘这个说法有争议。打开窗户可能表明某种程度的非法意图，但是这个行为本身并不具有侮辱性质。我不能因为你老是开窗户就给你定罪。你并不能证明你的鹦鹉是存心辱骂女原告的，哈伍利那先生。’

“哈伍利那竭力主张道：‘但是我是存心的。’

“法官反对道：‘我们没有证据表明你是存心的。没有人听到你说过案中的侮辱性话语。这没用的，哈伍利那先生，我要宣判你无罪。’然后他宣布了审判结果。

“哈伍利那大声喊叫道：‘我要对无罪释放的判决上诉。’他拎起装着鹦鹉的鸟笼就冲出法庭，气得差点哭出来。

“后来他们也在不同的地方碰到过他，他总是烂醉如泥，一副漫不经心的样子。他会尖叫道：‘你们把这称为公正吗？一个人到底有没有机会争取他的权利？但是这件事我不会就这么算了。我要告到最高法院去。我被他们给耍弄了，我必须要出口恶气，就算下半辈子都耗在诉讼上面也在所不惜。我不是为了个人目的而战，而是为了正义而战。’

“我不是很清楚在上诉法院发生了什么。我只知道哈伍利那先生对无罪释放判决提起的上诉被驳回。后来哈伍利那消失得无影无踪。有人说看见他像一个游魂一样在街上闲逛，嘴里还喃喃自语。我还听说司法部每年都会收到几份长篇大论、措辞激愤的上诉状，上诉状的标题是：‘鹦鹉毁损名誉案’。但是哈伍利那先生再也不向警方新闻记者出售他编造的罪案了，这极有可能是因为他对法律和秩序的信仰已被猛烈地撼动。”

针

科思特利茨基先生说："我从来没跟法院打过交道，但是我不得不说我喜欢法院的公正，喜欢它们常有的高谈阔论和大惊小怪，它们不在意空忙一场。法院让你觉得你真的可以信任法律和秩序。如果正义女神手上拿着一架天平，那这架天平就像药剂师的天平那样精准。如果她举着一把剑，那这把剑的刃口一定锋利无比。这让我想起我住的那条街上发生的一件事。

"看门人的妻子玛什科娃太太在商店买了几个面包卷。她正拿着一个面包卷在啃，突然感觉有东西刺到了她的上腭。于是她把手指伸到嘴巴里，把刺入上腭的一根针给掏了出来。她一下子吓坏了，‘啊，我的老天啊！要是我把这根针给吞下去了，那它就会在我的胃上面扎出一个洞。啊，那样的话我就活不成了。所以这种东西我不能留下。我应该弄清楚是哪个畜生在面包卷里放了针。’于是她拿着那根针和吃剩下的面包卷去了警察局。

“警察局分别盘问了出售和烘焙这个面包卷的店员和面包师，但是他们都说没见过这根针。后来警察局开始走法院审理程序，因为这是一宗人身伤害案。地方法官非常尽职尽责，他反复盘问了出售和烘焙这个面包卷的店员和面包师。这两个人都发誓说面包卷在他们手上的时候肯定没有针。地方法官去找出售面包卷的店员，他彻底调查清楚了店里连一根针都没有。然后他又去面包师那里观看面包卷烘焙的过程。他在面包烘房坐了一整夜，观看揉面、发面、加热烤炉、面包卷塑形、将面包卷送进烤炉直至面包卷出炉的过程。他也彻底弄明白了烤制面包卷的过程中不会用到针。

你不会相信烤面包卷是多么精细的一件工作，烤别的面包就更是如此了。我可怜的老爹有一家面包店，所以我对这些全都很清楚。要知道，制作面包你得掌握两三个重要诀窍，这些诀窍可不是盖的。第一个诀窍是制作酵母。你得把原料放在容器里，然后盖子下面会发生奇妙的变化。你得等着，直到面粉和水变成活性酵母。第二个诀窍是揉面团并将面团与一种糊状的东西混合。这个过程就像宗教舞蹈之类的东西。接下来要在面团上盖上一块布，让面团发酵。这又是一个奇妙的变化。你不可以揭开布去看面团的变化，它会因发酵膨胀得很大。听我说，这就像新生命诞生的过程那样奇妙。我总是觉得发酵的容器与女人有相似之处。第三个诀窍是烘焙，也就是柔软、雪白的面团在烤炉里的过程。天哪，当你取出金黄或黄褐色的面包，闻到它那比婴儿体香还诱人的味道，你就会觉得这是一个奇迹。啊，我想在进行这三个变化的过程中，他们应该在面包烘房里摇铃，就像在教堂里举起圣体时摇响圣铃时一样。

“再回过头来说我的故事。法官现在一筹莫展。他是想就此罢休吗？不，绝不！他把那根针送到了化学研究所，这样就能查明它是在面包卷烘焙之前还是烘焙之后放进去的。我想说，这位法官特别喜欢看科学报告。那时候化学研究所里有一位乌亥拉教授，他蓄着连鬓胡须，是一个非常有学问的人。他收到那根针后就开始怒骂法院老是拿各种各样愚蠢的事情来烦他。他抱怨说，就在前几天，法院的人给他送来一些腐烂得非常厉害的内脏，就算是解剖医生也会受不了。而且这根针与化学研究所又有什么相干？但是后来不知怎么地他又转变了想法，他开始对这根针感兴趣，当然是科学方面的兴趣。他心里想道：啊，这根针裹在面团里或者跟面团一起烤过以后也许真的会发生一些变化。面团发酵的时候会形成一些酸性物质或其他物质，然后在烘焙的过程中又会形成新的物质，这样也许会让针的表面有一些损坏或腐蚀。如果是这样，通过显微镜检查就可以发现。

“教授首先买了几百根针，其中一些针非常干净，其余的则或多或少有些生锈。他开始在化学研究所烘焙面包卷。在第一次实验中，他把针放入酵母中，看发酵过程对针会产生什么影响。在第二次实验中，他将针放入刚揉好的面团里。在第三次实验中，他把针放入正在发酵的面团里。在第四次实验中，他将针放入发酵好的面团里。接着他依次在面包卷就要进烤炉之前及面包卷烘焙过程中把针放入。然后他把针插入热乎乎的面包卷中，最后他把针插入已冷却的面包卷中。后来他把上述实验重新做了一次，只是为了确认结果。事实上，整整两个星期他们在化学研究所里除了烘焙裹着针的面包卷以外，什么事都没做。乌亥拉教授以及一名讲师、四名助手、一名实验室工作人员连日揉面团、将面团送入烤炉以及烤面团，他们还要用显微镜观察针的情况并比对观察结果。这意味着他们还需工作一个星期，但是最终他们完全确定，法院送来的那根针是在面包卷烤好以后插进去的，因为显微镜观察结果表明那根针的情况与实验中插入已冷却面包卷的那些针的情况完全一致。

“根据化学研究所的报告，法官认定那根针是在店铺里或面包卷从面包烘房送到店铺的路上插入面包卷中的。这时候面包师突然想起什么，他说：‘啊，真见鬼，那天我把一个跑差给开除了，他以前老是用篮子来装面包卷。’于是他们把跑差叫来。跑差承认是他把针放进面包卷里的，因为他想报复。这个跑差是个未成年人，因此只是令他具结保证不再做这样的事。但是面包师得交五十克朗罚金，因为他得为他雇员的行为负责。从这件事情你们可以看出法律制裁的严谨和公正。

“但是这个故事里还有一些事情值得一说。我不知道是怎么回事，人们总想证明自己能把事情做好，如果没有做好，就会坚持做下去。这些化学家在化学研究所开始烘焙实验用的面包卷的时候，他们就立马下定决心要把面包卷烘焙好。起初面包卷并没有如预想中那样膨胀起来，它们看起来不太对劲。但是他们烘焙的次数越多，烘焙出的面包卷就越棒。后来他们在面包卷上面撒上罂粟籽、盐和葛缕子籽，还把面包卷扭成赏心悦目的形状。最后这些化学家们夸下海口，布拉格别的地方的面包卷都不如他们在化学研究所里烘焙出来的面包卷那般精致、松脆和美味。”

勒莱克先生说：“你可以说这是固执，科思特利茨基先生，但是依我说，这更像是运动本能：要知道，运动员渴望发挥自己的最佳水平。一个真正的运动员这么做不是为了成绩，成绩本身并不值得他们劳神。他这么做是因为这就像玩一场游戏，他自己愿意倾尽全力。我可以用一个例子来说明我想表达的意思，尽管你可能会说这个例子是胡说八道、离题万里。

“我以前在账房工作，每半年要结算一次账目。有时候账面上的数字不对，比如差了三赫勒。当然这对我来说是再简单不过的事情，我只要自掏腰包把这三赫勒补上就行了，但是这么做并不公平。你瞧，以出纳员的观点来看，这么做是没有运动员精神的，正确的做法是在大约一万四千条账目中找出错误。我不介意告诉你，在开始这样做之前，我总是期望错误能够出其不意地跳到我眼前。

“如果真要把错误找出来，我就要整晚待在账房里。我把所有的分类账堆在面前，然后开始找错。知道吗？我并没有把那一栏栏数字当数字看，而是把它们想象成别的东西，这是不是很有趣。有时候我把那些数字想象成一座陡峭的大山，而我就在这座大山上攀登；有时候我把它们想象成一把梯子，而井里的我正踩着这把梯子往上爬。还有些时候我觉得自己是一个在数字丛林中狩猎的猎人，我要找到一只稀有而胆小的动物——也就是那三赫勒。我还会把自己想象成一名侦探，黑暗中我蹲守在角落里，成千上万的数字在我眼前出现，但是我在等待那个骗子、那个罪魁祸首出现——也就是账目中的那个小错误。有时候我觉得自己拿着一根竹竿和一根线在河边垂钓，突然我把线猛地一拉，我钓到你了，你这个混蛋！但是大多数时候我会把自己想象成一个在潮湿灌木丛中艰难行走的猎人，我兴高采烈，自信满满，热情洋溢，好像正在享受一场冒险。告诉你们，我会花一整个晚上来追寻那三赫勒。等我抓到这三赫勒时，我从来不会觉得它们微不足道，它们就是我的战利品。我高唱凯歌，兴高采烈地回到家中。我竟然没有穿着鞋子上床睡觉，这真是个奇迹。

“这就是我要讲的故事。”

一宗普通凶杀案

哈纳克说："我经常会想一个问题，为什么我们会认为一个人受到不公正的待遇是最糟糕的事情。比方说我们看到一个清白的人被送进监狱，我们就会非常难过和担心，对生活在水深火热中的民众我们尚且不会如此难过和担心。我曾亲眼看到过那些人过得有多么苦，相比之下，监狱的生活简直可算得上奢侈。即便如此，最深重的苦难也不会像不公正对待那样撼动我们的内心。我想这是因为我们有伸张正义的本能。我们对罪恶与无罪、权利与正义的感受正如爱和饥饿这样的人类本能一样原始、无情且深刻。

"举个例子：跟大多数人一样，我在前

线待了四年。上过前线的人不会讲起在前线看到过什么，但是有一点你们一定会赞同，那就是像我们这样的人对任何事情都习以为常，比如说尸体。你们可以相信我，我见过成百上千的死人，有时候他们的尸体真是触目惊心。我不介意告诉你们，后来死人在我眼里无异于一捆捆旧抹布，只要他们不散发出恶臭。我只告诉自己一句话：只要我能在这场凶残的战乱中平安无事，那余下的人生中就再也没有什么可以让我难过的了。

“战争结束半年以后，我回到我的家乡斯拉蒂纳。一天上午，有人拍我家的窗户并叫喊道：‘哈纳克先生，快来看啊，图科娃太太被杀了。’这位图科娃太太开了一家售卖文具和缝纫线的小店。从来没有人在意过她，人们只是偶尔去她那家小店买一卷线或几张圣诞贺卡。那家小店有一扇后门，门上镶有一块玻璃，透过玻璃可以看到一间厨房，她有时会在那里睡觉。门上装有门帘，只要门铃响起，图科娃太太就会在厨房里透过门帘看是谁来了。她会在围裙上擦擦手，然后走进店铺。她会满腹狐疑地问：‘想要买些什么？’在这个小店里顾客会觉得自己被当成侵入者，他们巴不得尽快离开。这就好比你抬起一块石头，发现下面有一个潮湿的小洞，洞里有一只孤独而害怕的甲壳虫在爬来爬去。你会把石头放回原处，这样就不会打扰那个讨厌的小东西了。

“当我听到图科娃太太被杀的消息时，立马跑出去看。我想这仅仅是出于庸俗的好奇心。图科娃太太的小店门前已经围满了人，但是地方警察只让我进去，因为他认为我是一位有学问的绅士。门铃像往常那样叮当作响，但是那时候这种清脆而急切的声音让我毛骨悚然。那个地方让我觉得十分别扭。在通往厨房的门廊下，图科娃太太面朝下躺在地上，她的头部下方有一大摊已变成黑色的血。她后颈上的白发沾有深色的血迹。那一刻我忽然有一种在战争中都未曾体验过的感觉——我害怕尸体。

“奇怪得很，我几乎已忘记那场战争了。事实上，每个人都会慢慢忘记那场战争，我想那是因为迟早会有另外一场战争爆发。但是我永远不会忘记生前并没有引起过多关注的被害老太太，这位小气的店主就算是卖一张风景明信片也要磨半天价格。被害的人跟正常去世的人是不一样的，被害的人都埋藏着可怕的秘密。我无论如何也想不通为什么被害的偏偏是图科娃太太。她只是一个乏味的普通老太太，没有人会对她有什么想法。她现在如此凄凉地躺在那里，一名警察弓着身子查看她的情况。外面围着一大群人，他们都急切地想看她一眼。这一切该怎么解释呢？她躺在那里，脸下面是一摊已经凝结的血液，这个可怜的人从来没有像现在这样吸引这么多人的关注，好像突然之间她成了一个极其重要的陌生人。这么多年来我从来没有留意她穿什么衣服，长什么样子。但是现在我透过一块玻璃看她，我所看见的东西似乎被放大了很多，大到夸张。她的一只脚上穿着一只拖鞋，另外一只脚上的拖鞋被拿走了，可以看到袜子的脚后跟处打过补丁。我能清楚地看见每个补丁，我想这真是太可怕了，好像连那只可怜且糟糕的袜子也被人谋杀了。她的一只手抓着地板，那只手看起来干瘪无力，就像小鸟的爪子。但是最恐怖的是尸体后颈的一簇灰白头发，因为这簇头发编成了整齐的辫子，在斑斑血迹中看起就像白镴在闪耀。我觉得我从没看过比这被弄脏了的头发更凄惨的东西。她的耳朵后面有一块已经干了的血迹，血迹上方有一只镶着蓝宝石的小巧银耳环在闪闪发光。我再也看不下去了，我的双腿在不停地哆嗦。我叫道：‘我的天哪！’

“原本在厨房地面上找东西的警察站了起来，他看着我，面色苍白，好像就要昏倒。

“我倒抽一口冷气，对他说：‘哎呀，你不是上过前线的吗？’

“警察用嘶哑的嗓子说：‘是啊。但是这个——这个不同。’他突然又说：‘你看那里。’他指向门帘。门帘被弄皱了，上面还有血迹，显然凶手在上面擦过手。我喘了口气，惊讶地说：‘天哪！’我不知道这件谋杀案里什么是让人害怕到不堪忍受的——是想象中那双沾满鲜血的手吗？还是那干净、整洁的窗帘成为这起谋杀案的牺牲品？反正我不知道。但是这时候厨房里的一只金丝雀开始啭鸣，它还发出了一声悠长的鸣叫。啊，这实在让我不堪忍受。在极度的恐惧中我匆忙逃出小店，我想我一定比那名警察还要面无人色。

“后来我在我家院子里停着的一辆敞篷马车的车轴上坐下来，我试着让我的思绪安静下来。我对自己说：‘你这个傻瓜，你这个懦夫，啊，这只是一宗普通凶杀案！难道你以前没有见过血吗？难道你身上没有沾过自己的血，就像一头满身污泥的猪吗？难道你没有大声催促弟兄们快点挖一个坑埋葬一百三十具尸体吗？将一百三十具尸体并排放在一起会有很长一排，就算把他们像屋顶上的瓦片那样紧密地排列也依然如此。你从尸体旁边走过，抽着烟，对着士兵们高喊：‘喂喂，动作快点，快点，不要一整晚上都耗在这件事上。你们没看见尸体很多吗？’

“我对自己说：‘是的，没错，我的确见过很多尸体，但是从来都不是单独一具尸体出现在我眼前。我从来没有在尸体跟前跪下看尸体的脸，摸尸体的头发。一具尸体已经够可怕，你还一个人跟尸体待在一起……我连大气都不敢出……你们明白我的感受吧？一百三十具尸体仿佛都试图告诉你：‘他们杀了我，长官；看我的手，这是人的手！’但是我们都很厌恶这些尸体。身在战场上，我们不会聆听死者想说些什么。天哪，如果男人、女人、小孩蜂拥至每个死者的身边就好了，这样他们至少可以看死者一眼，至少可以看到一只穿着鞋的脚或者被血沾染的头发。也许这样的事情不会发生，也不可能发生。

“我是亲眼看到我的母亲下葬的。她躺在体面的棺材里，看起来那么庄重，那么安静，那么高贵。她让我觉得很陌生，但并不让我害怕。但是谋杀跟正常死亡是两码事。被杀害的人不是正常死亡。他们会恸哭，好像是为了不堪忍受的极度痛苦而哭。那名警察和我都知道，那家商店闹鬼。我开始慢慢明白一些事情。我不知道我们有没有灵魂，但是我们有些东西是永生不灭的，比如伸张正义。我并不比别人强，我所拥有的某些东西并不是专属于我——我模模糊糊感觉到有一种东西就像严密而强大的法令。我知道我的措辞不得体，但是就在那个时刻我明白了犯罪意味着什么，明白了违背上帝意味着什么。要知道，被杀的人就像一座被亵渎、被摧毁的寺庙。”

都贝西先生说：“随便问一句，他们抓到杀害那位老太太的凶手了吗？”

哈纳克先生接着说道：“抓到了。两天后我见到了那个凶手，当时警察正把他带出商店，估计警察在商店的罪案现场盘问了他。我估摸我看见他的时间不超过五秒，但是我仿佛是透过放大镜在看，所有东西都变得巨大。这个年轻人戴着手铐，他走得极快，警察都差点跟不上他的步伐。他的鼻子冒着汗，凸出的双眼闪现着惧怕的神色——你可以看得出他吓破了胆，就像一只正在被活剥的兔子。有生之年我都不会忘记他那张脸。见到他以后我的心情坏透了。我心里想，现在他们正在审他，他会被折磨几个月，然后就会被判死刑。最后我发现我真的为他感到难过，如果他可以设法逃避死刑，我几乎会觉得宽慰。这并不是说他这个人有吸引力，事实上情况恰恰相反。但是我那样近距离地观察过他，我看到了他眼中的惧色。真该死，我并不是一个心肠软的人，但是那样近距离地看他，我觉得他并不是一个凶手，只是一个人。我不得不说，我没有假装自己很明白，如果让我来审判他，我也不知道自己该怎么做。但是这让我觉得痛苦极了，好像是我自己的灵魂需要救赎。”